Lyonel Trouillot

Die schöne Menschenliebe

Roman

Aus dem Französischen von
Barbara Heber-Schärer und
Claudia Steinitz

liebeskind

Die Übersetzung aus dem Französischen wurde
mit Mitteln des Auswärtigen Amts unterstützt durch
LITPROM – Gesellschaft zur Förderung der Literatur
aus Afrika, Asien und Lateinamerika e.V.

Die Originalausgabe erschien 2011 unter dem Titel
La belle amour humaine bei Actes Sud, Arles.

© Actes Sud 2011
© Verlagsbuchhandlung Liebeskind 2014

Umschlaggestaltung: Marc Müller-Bremer, München
Umschlagmotiv: akg-images, Berlin
Typografie und Satz: Frese Werkstatt, München
Herstellung: Sieveking, München
Druck und Bindung: CPI – Ebner & Spiegel, Ulm

ISBN 978-3-95438-032-9

Für Sabine, Anne-Gaëlle,
Für Anaïs, der ich den Schluss verdanke

Zur Erinnerung an den Meister, Jacques Stephen Alexis

Die schöne Menschenliebe – »La belle amour humaine« –
ist der Titel eines Neujahrsgrußes von Jacques Stephen
Alexis, der im Januar 1957 in *Les Lettres françaises*
erschienen ist.

In Wahrheit sehne ich sie her
Mit meinem Herzen meiner Seele
Und auf der Brücke »Wiederkehr«
Wenn ich sie treff und nicht verfehle
Sag ich zu ihr das freut mich sehr
GUILLAUME APOLLINAIRE

Seit zehn Jahren erwarte ich
meine erste Liebesnacht,
die Nacht, die mich erweckt
und die zum Tag mich führt
JACQUES STEPHEN ALEXIS

ANAÏSE

Das Meer war großzügiger gewesen als sonst, und die Fischer hatten am Tag einen solchen Vorrat an Langusten und Roten Schnappern gefangen, dass sie am Abend, nach ihrer Rückkehr ins Dorf, als sie die Boote vertäut und ihre Gefährtinnen beruhigt hatten, die Zeit mit Gesängen über das Meer verbrachten und den Blick zu den Sternbildern erhoben, weshalb sie die lodernden Flammen des Brandes nicht sahen. Seit Fischersgedenken hatten sie keinen besseren Morgen und keine bessere Nacht erlebt, und wäre da nicht die leibhaftige Erinnerung an die Speisen und Küsse gewesen, hätten sie sicher geglaubt, nur geträumt zu haben. Das werden die Männer dir sagen. Die Frauen werden hinzufügen, dass an diesem Abend der Wind einen frischen Duft hertrug, ein Gemisch aus Balsam, Jasmin und Ylang-Ylang. Sie waren glücklich und wurden wieder zu kleinen Mädchen, schliefen bei offenem Fenster ein und träumten von schönen Kapitänen. Seit Fischersfrauengedenken waren sie nie so weit gereist, hatten sie nie schönere Landschaften gesehen, nie süßere Umarmungen und schönere Begegnungen erlebt. Kein Brandgeruch störte ihre Träume. Das werden sie dir sagen. Wenn du dann noch Einzelheiten wissen willst, was etwa die anderen taten, die weder Fischer noch Frau eines Fischers waren, noch auf erstere Funktion reduziert werden konnten, denn der Fischerberuf verbietet keineswegs, außerdem Trommler, Würfelspieler oder Philosoph zu sein, wirst du hören, dass Justin, der ehrenamtliche, autodidaktische Gesetzgeber, bis zur Morgenröte an seinem Kodex neuer Gesetze im Dienste des Glücks gearbeitet hatte, und zwar am wichtigsten Kapitel, in dem es um die freie Vereinigung, den Tausch von Gaben und andere Alltagstugenden geht. Ganz erregt und stolz auf seine Vorschläge hatte er seinen Stuhl ans Meer gestellt, um bei einer Tasse Corossoltee auf den Anbruch des Tages zu warten, und so konnte er nichts anderes bezeugen als das sanfte Feuer der aufgehenden Sonne. Der Maler Frantz Jacob, sein Neffe und das Mädchen Solène mit ihrer wilden Schönheit hatten einen Teil der Nacht damit verbracht, über Malerei zu reden, sie sprachen über die Stärken und Schwächen von Linien und Farben, ihre Macht und ihre Ohnmacht, die Dinge so wiederzugeben, wie sie sind und zugleich wie sie nicht sind, und von der Kunst kamen sie aufs Leben und die Arroganz derer, die behaupten, unter allen Umständen den Unterschied zwischen Handeln und Denken, Traum und Wirklichkeit, Lüge und Wahrheit bestimmen zu können. Die Nachtvögel hatten viel gesungen, aus dem Stegreif improvisiert, und so ihren Teil zum Gespräch beigetragen. Versucht man dann, die Atmosphäre zu beschreiben und einen Überblick zu geben, wirst du erfahren, dass das Meer ruhig war und die Stimmung friedlich, keinerlei Anzeichen von Erregung, weder Migräne noch Zahnschmerzen, hatte den Schlaf der Kinder gestört, die die Mütter ihren Träumen überließen und mit den Bitten um Zärtlichkeit und Milch bis zum Morgen warteten. Trotz seiner Armut hatte der kleine Küstenort Anse-à-Fôleur einen Tag und eine Nacht erlebt, die fast vollkommen waren, und niemand konnte irgendetwas über Ursachen und Umstände des Brandes sagen. Am Morgen nach dem Drama, wenn es denn eines war, um acht Uhr, nachdem er den Kaffee getrunken hatte, den seine Gefährtin ihm zubereitet hatte, und seine Liebste zum Dank geküsst hatte – ein seit zwanzig Jahren Zusammenleben unabänderliches Ritual –, stellte der Sektionschef, der einzige Vertreter der Staatsmacht im Ort, bei seinem Rundgang fest, dass der Platz der Häuser leer war, abgesehen von zwei identischen Häuflein Asche, und dass der Oberst und der Geschäftsmann nicht wie üblich triumphierend am Strand entlangmarschierten. Ohne seine Gefährtin um Rat zu fragen – sie hätte ihm unweigerlich von einem Vorgehen abgeraten, das für die Dorfgemeinschaft ohne jedes Interesse war, und ihn davor gewarnt, Kräfte von außen herbeizurufen, um ein lokales Problem zu lösen –, fuhr er mit dem Fahrrad ins nächste Dorf, wartete eine Stunde, bis er mit der Hauptstadt verbunden wurde, und informierte die Behörden.

Das werden sie dir sagen, wenn sie Lust haben zu reden. Sie leben vom Meer und vom Regenbogen, deshalb reichen ihnen oft die Farben. Häufig sind sie den ganzen Tag am Meeresufer unterwegs, ohne ihre Gedanken in Worte zu fassen. Es ist nicht wie hier, wo sich das Leben vor der Stille fürchtet. Wenn man hier nicht schon beim Aufwachen bereit ist, in den Kampf zu ziehen, hat man kein Leben vor sich. Brot muss erjagt werden wie Wild, und da es nicht genug für alle gibt, hat der Lärm die Hoffnung ersetzt. Was du am Flughafen erlebt hast, zwanzig in allen Sprachen radebrechende Gepäckträger für einen einzigen Koffer, ist noch gar nichts. Warte, bis wir ins Zentrum kommen. Wir müssen einmal quer durch die Stadt und werden bis zum Nordbahnhof im Lärm versinken. Ausländer werden oft taub in dem Getöse von Dingen, Tieren und Menschen, in dem sie unfreiwillig gelandet sind. Der Lärm macht alle und alles gleich. Töpfe. Auspuffrohre. Marktschreier, die von Elixieren bis zu Antibiotika, Bleichcremes und Zunehmpillen alles verkaufen. Ordnungshüter, die Getreide-, Obst- und Gemüsehändlerinnen von der Straße vertreiben. Freiwillige von der Gesundheitsfürsorge, die durch ihr Megafon die Vorteile von Muttermilch und Händewaschen anpreisen. Keiner kann sich so viele Geräusche gleichzeitig anhören, die sich überlagern, widerstreiten, dir das Trommelfell durchlöchern und die Illusion von Bewegung einhämmern. Die Schlangen vor dem Einwanderungsbüro und dem Sozialministerium, die Drohungen der Sicherheitsleute und die Reaktion der Menge, du kannst mich mal, wir warten schon wochenlang. Die Motorradtaxis, die sich zwischen den Autos hindurchschlängeln. Die Geldwechsler, die Passanten ihre Scheine unter die Nase halten, um Kunden anzulocken, und dir Falschgeld zum Tageskurs verkaufen. Die Verkehrspolizisten, die mitten auf der Straße mit ihren Geliebten schäkern. Die Fußgänger, die zusammenstoßen und sich gegenseitig die Schuld geben. Der Lärm im Stadtzentrum ist wie die Armut, man wird nie damit fertig. Immer, wenn man die Armut in eigens für sie geschaffene Viertel gebannt zu haben glaubt, schwappt sie darüber hinaus und taucht woanders auf. Mit dem Lärm ist es dasselbe. Unmöglich, eine Liste aufzustellen. Die Tanklastwagen, die röchelnd und spuckend die Hügel hinaufkriechen. Die großen Kinder. Die kleinen Kinder. Die Noch-Kinder, die Kinder machen. Die verirrten Kugeln. Die religiösen Fanatiker, die Weltuntergangsverkünder, die dir vorwerfen, Jesus nicht als persönlichen Retter angenommen zu haben. Die Sirenen der offiziellen Geleitfahrzeuge. Die Radios der fliegenden Händler auf den Gehsteigen, die endlos Unglücksmeldungen und die Lottozahlen ausspucken. Die Menge, die Haltet den Dieb schreit. Der Dieb, der sich unter die Menge mischt und noch lauter schreit als alle anderen. Die Hundekämpfe zwischen den kleinen und den großen, wie bei den Menschen, bei denen die kleinen geschlagen und winselnd die Flucht ergreifen, nur um zurückzukommen und erneut Prügel zu beziehen. Die Gaffer – Arbeitslose und Lastträger –, die es leid sind, noch einmal dasselbe Schauspiel zu sehen, auch wenn's kostenlos ist, und sich mit Stöcken bewaffnen, um die Meute auseinanderzutreiben. Der Lärm kennt auch Stimmungen, wie das Leben. Wenn du aufpasst, kannst du den Lärm der Wut von dem des Wartens und der Müdigkeit unterscheiden. Hier ist der Lärm der einzige Beweis für die schwere Aufgabe der Existenz, und er ist nie arbeitslos. Wenn man alles andere verloren hat, bleibt einem nur noch die Zeit zu verlieren. Hör dir den Lärm der verlorenen Zeit an. Durchgelaufene Schuhe, die über das Pflaster schlurfen. Horden von Milizionären. Demonstrationen. Die Witwen auf dem Champ de Mars, die Gerechtigkeit für ihre ermordeten Ehemänner fordern – zu Lebzeiten haben sie ihnen zwar nicht viel genutzt, aber ein tragischer Tod hat sie sympathisch gemacht; der Verein der Opfer des Staatsanleihen-Schwindels, die vergeblich auf die Rückerstattung ihrer Investitionen hoffen; Tagelöhner im Straßenbau, die durch Schutt watend ihren seit Monaten ausstehenden Lohn verlangen. Fußballreporter, die auch noch in der Halbzeitpause herumbrüllen und Reklame für importierten Reis und Mantega machen. Rap. *Compas*. Die irrwitzigen Dezibel der öffentlichen Transportfahrzeuge. Das Fauchen der an illegal angezapften Stromleitungen hängenden Schweißbrenner. Mitarbeiter des Elektrizitätswerks, die die Kabel abklemmen. Menschentrauben um Epileptiker, die vor einem Schaufenster zu Boden gestürzt sind. Selbst der Tod und die Nostalgie beteiligen sich an dem Konzert … Hör sie dir an, all diese Geräusche des Lebens, das aufs Leben pfeift. Das, was es früher mal war, und das, was davon übrig ist … Das »Früher« der alten Herren, die, in den Paradiesen der Erinnerung verloren, die Straße überqueren und von den Autofahrern angebrüllt werden. Die Fans des Alten Tigers (Le Violette Athletic Club) und des Alten Löwen (Racing Club), die über die alten Zeiten plaudern, weil die Clubs trotz ihrer großspurigen Raubtiernamen heute nur noch jämmerlich sind. Der traurige Schritt und die staubbedeckten Schuhe bettelarmer Eltern, die einem stotternden Leichenwagen folgen. Eine nackte Frau, die den Passanten weinend die Geschichte einer leidenschaftlichen Liebe erzählt, beten Sie für mich, Monsieur, verstehen Sie mich doch, Madame. Die Barfußbands, die nicht erst im Karneval Musik machen. Die wegen Zahlungsunfähigkeit der Eltern aus Privatschulen geflogenen Schüler, die auf der Straße herumlungern und neue Spitznamen für die Verrückten erfinden. Die Verrückten, die sich umdrehen und die Schüler mit Steinwürfen und Flüchen verfolgen. Die …

… Gut, gut, ich hör auf. Ich könnte noch lange weitermachen, aber vielleicht langweilt's dich. Nur zwei Dinge musst du noch wissen. Erstens: Nach den Bildern zu urteilen, können wir es mit anderen Hauptstädten an Reichtum und Sehenswürdigkeiten sicher nicht aufnehmen. Wenn Touristen, die wie du aus schönen Städten kommen, mich anhalten lassen, um schnell ein Foto zu schießen, betrachten sie das Bauwerk von oben herab, obwohl sie zu dessen Füßen stehen. Ein zu Vertraulichkeiten und Werturteilen neigender Kunde, ein Geschäftsmann mit einem Bauch, der schnurstracks auf den Infarkt zusteuerte, und gerötetem Gesicht, weil er sich während seines ganzen Aufenthalts mit Rum abgefüllt hatte, sagte mir im Ton des Weisesten der Weisen, als schlüge er die schönste Seite im Buch der Offenbarungen auf: »Dies ist ein Land der Hyperbeln. Ihr gebt kleinen Dingen sehr große Namen: Basilika, Avenue, Palast …« Ich musste die Bedeutung von »Hyperbel« nachschlagen. Literatur ist nicht meine Stärke, ich versteh mich besser auf Bilder. Aber nein, Monsieur, wir haben so große Basiliken, Avenuen und Paläste, wie wir können. Die Hyperbel ist sozusagen ein natürliches Gewächs im Herzen der Menschen, wenn sie von zu Hause reden. Beweis: Wenn unsere Leute in deiner Heimat wa-

18

ren und zurückkommen, erzählen sie nicht nur von schönen Dingen. Sie haben nicht nur Wunder gesehen. Wo steht aber auch geschrieben, dass Worte die Dinge in ihren richtigen Dimensionen bezeichnen können! Ich bin sicher, dass sie in deiner Stadt auch nicht schlecht übertreiben. Wir tragen alle dick auf. In jedem Land gibt es einen großen Unterschied zwischen dem Nationalfeiertag und dem Rest des Jahres, zwischen den offiziellen Reden und dem Alltagsgestammel, zwischen den Postkarten und dem Hundeleben eines Normalsterblichen. Erzähl mir nicht, dass bei dir zu Hause alles schön ist. Dass dort alle glücklich sind. Du schreibst das ja auch in deinem Brief. Den habe ich meinem Onkel vorgelesen, ich ersetze ihm die Augen. »*Ich weiß nicht, wohin ich komme. Ich weiß auch nicht, was ich besitze. In dieser Stadt, in der für die Bewohner bei Weitem nicht alles rosig ist, habe ich oft das Gefühl, verloren oder unvollständig zu sein.*« Alle Orte, an denen Menschen wohnen, bestehen aus Mangel und Überfluss. Wir hier mit unseren Schlaglöchern und heruntergekommenen Gebäuden können keinen Anspruch auf die Schätze der alten Städte erheben oder dich zu einem Spaziergang auf der schönsten Avenue der Welt einladen. Aber in puncto Lärm sind wir Weltmeister, darauf verwette ich meinen Lohn. In dieser verhunzten Stadt ist es so eng, dass kaum Raum für Stille oder für die Liebe zu Geheimnissen bleibt. Hier berauscht man sich wohl oder übel am Lärm. Und wenn das Ende kommt, legt man sich hin wie ein kranker alter Hund, der es satthat, vergeblich rumzurennen, und stirbt an einer Überdosis Lärm.

Zweitens musst du wissen: Zwischen dem Lärm und der Stille liegen sieben Stunden Fahrt. Zwischen hier und Anse-à-Fôleur. Auch bei dir zu Hause sind sich die Städte nicht gleich, stell ich mir vor. Es gibt Städte, die schreien, und solche, die flüstern. Es gibt Städte, die lächeln, und solche, die finster dreinschauen. Solche, die grell angemalt sind wie ein Straßenmädchen, das sich jeden Abend verkleiden muss, um in den Kampf zu ziehen. Und andere, die nichts zeigen, nichts verkaufen, weder angeben noch sich zur Schau stellen, sondern unbefangen lächeln, wenn jemand zu Besuch kommt. So ist meine Stadt am Meer. Eigentlich ist das hier meine Stadt. Hier bin ich geboren, ich kenne all ihre Geräusche in- und auswendig. Ihre Ecken und Winkel. Ihre Katastrophen. Aber dort ist auch meine Stadt. Na ja, mein Dorf. Dort habe ich meine Träume eingepflanzt. Und der Boden, in den du deine Träume pflanzt, gehört dir. Der, den du gern deinen Kindern vererben möchtest. Wenn wir dort ankommen, wirst du den Unterschied sehen. In diesem Land gibt es ein Hier und ein Dort. Die Stadt hier ist wehrlos, Skandale in Hülle und Fülle. Jeden Tag kommen auf der Straße genügend Großfamilien an, um eine weitere Stadt zu füllen. Dort, in Anse-à-Fôleur, wohin ich dich fahren soll, gibt es nur wenige

Menschen, ein paar Freunde, eine Handvoll Leute, die sich beim Vornamen rufen und Lärm nicht mögen. Dort sammeln die Kinder noch Muscheln, halten sie ans Ohr, und das Meer singt ihnen, ohne die anderen zu stören, ein leises Lied. Die Erwachsenen heben die Stimme weder für ein Nein noch ein Ja. Sie werden selten böse, und wenn doch, lächeln die Kinder hinter ihrem Rücken, weil sie wissen, das ist nur Theater, ein Scheingewitter, das schnell vorbeigeht. Selbst die Tiere brüllen nicht alle auf einmal, sondern abwechselnd, wenn sie Futter oder Pflege brauchen. Dort schreien die Leute nicht wie hier. Wenn sie sich fürs Schweigen entscheiden, ist sogar ihr Lachen nur an den Augen zu sehen. Und selbst wenn sie reden, versteckt sich hinter ihren Worten noch Schweigen. Wenn du mit deinen Fragen ankommst, werden sie dir hintersinnige Antworten geben, die du nicht verstehst, wenn du zu faul bist zum Denken oder als Kind der reinen Vernunft alles wortwörtlich nimmst. Wenn sie dir mit Binsenweisheiten kommen, etwa dass ein Würfel sechs Seiten hat und die Nacht manchmal länger ist als der Tag, glaub ja nicht, dass sie schwachsinnig sind und nur mit dir reden, um nichts zu sagen, sondern sie geben dir den freundschaftlichen Rat, bei allem die Vorder- und die Rückseite zu sehen. Wenn sie dich fragen, wozu es gut sein soll herauszukriegen, dank welchem Trick die Milch, die doch keine Beine hat, es schafft, bis ins Innere der Kokosnuss zu klettern, dann weil sie dir begreiflich machen wollen, dass nur wenige Dinge es wert sind, ihr Warum, ihre Ursachen und Folgen zu verstehen. Dass es unwichtige Dinge gibt, über die zu reden sich nicht lohnt, und andere, deren Gründe so tief sind, dass sie sich jeder Analyse entziehen, und die man ihrem Geheimnis überlassen sollte, wenn man glücklich sein will. »Überlassen Sie die Dinge ihrem Geheimnis.« Das werden sie dir antworten. Das hat auch mein Onkel zu dem Ermittler gesagt, der aus der Hauptstadt gekommen war, »um sich über die Ursachen des Brandes zu informieren, der die Zwillingshäuser des Geschäftsmannes Robert Montès und des Obersts im Ruhestand Pierre André Pierre zerstört und den Tod dieser beiden illustren Bürger von Anse-à-Fôleur zu unbestimmter Stunde zwischen Abend und Morgengrauen verursacht hat«. Mein Onkel gehört selbst dem Geheimnis an, wie alle Leute im Dorf. Dabei ist er gar nicht dort geboren. Er hat lange hier gelebt, mitten im Getöse, eingeschlossen in seinem Atelier, und sein Brot damit verdient, Gesichter zu malen, womit er sich im Lauf der Jahre einen guten Ruf als Porträtmaler erwarb. Minister, Damen der Gesellschaft, Honoratioren, Militärs, alte Ehepaare, frisch Vermählte … er hat alle zahlungsfähigen Gesichter auf Leinwand gebannt, gleich welchen Berufs, Alters, Geschlechts oder welcher Hautfarbe. Das menschliche Gesicht, sagt er, ist die kleinste Einheit der Schönheit und Hässlichkeit der lebenden Gattungen, das kleinste Territorium, auf dem sich Güte und Grausamkeit, Dummheit und Klugheit gegenüberstehen. Als die Ärzte ihm sagten, dass die sich ankündigende Erblindung durch keine Behandlung aufzuhalten sei, hat er dies für sich behalten und beschlossen, sich in einen kleinen Ort zurückzuziehen, am liebsten am Meer. Seltsamerweise hat ihn das Meer nie gelockt, solange er sehen konnte. Aber seit er im Dunkeln lebt, ist sein Haus an der Küste so etwas wie seine Barke. Er behauptet, dass ein paar Schritte, ein paar Schwimmzüge, eine Bewegung genügen, um sein Leben mit dem des Wassers zu vermählen. Dass man das Gefühl hat, vor allem wenn man nicht dort geboren ist, ein Küstenort sei eine Pforte, und das, was diesseits liegt, das Binnenland, sei weniger groß, weniger gegenwärtig als das, was jenseits liegt: die ganze Weite des Ozeans. Jeden Morgen steht er mithilfe von Solène auf, sie öffnet das Fenster für ihn, und er setzt sich in seinen Sessel, um das Meer zu betrachten. Dort, an seinem Fenster, blind und sehend zugleich, hat er vor zwanzig Jahren den Ermittler aus der Hauptstadt empfangen, der ihn verständnislos ansah.

»Überlassen Sie die Dinge ihrem Geheimnis. Jetzt, da ich nicht mehr sehe, finde ich nichts, wie ich mein Dasein auf der Welt besser nutzen könnte, als aus dem Fenster zu schauen. Ja, zwei Männer sind gestorben, zwei Häuser abgebrannt. Aber ist das denn das Wichtigste?! Eines Tages werden auch Sie sterben. Und wenn Ihre Stunde naht, werden Sie sich die Frage stellen, die zählt: ›Habe ich mein Dasein auf der Welt gut genutzt?‹ Wenn die Antwort Nein ist, wird es zu spät sein, zu klagen und etwas zu ändern. Also warten Sie nicht. Die Umstände des Todes liefern keinen Schlüssel zum Verständnis. Der Tod bleibt für den Lebenden das banalste Vorkommnis, das einzige, das unvermeidlich ist. Der Tod gehört uns nicht, denn er liegt vor uns. Aber das Leben ...«

Ich rede zu viel. Erzähl du mir lieber was. Ich möchte dir gern zuhören. Wegen deines Vaters. Auch weil mir mein Onkel beigebracht hat, dass man es anderen schuldet, ihnen eine Zeit lang zuzuhören. Erzähl mir von deiner Stadt. Das wird mir helfen. Damit kann ich meine Fantasiestädte anreichern. In einer erfundenen Stadt begleite ich die Touristen in der Straßenbahn ins Künstlerviertel. Sie kaufen etwas bei meinen Bildhauerfreunden in der Grand-Rue, die Abfälle recyceln und dir aus einem Stück Blech ein Zugvogelpaar ausschneiden oder aus Dosen und allem möglichen Schrott eine Göttin zaubern. Nach diesem Besuch gehen wir am Meer spazieren und leisten uns einen Kaffee oder ein Eis in einer Bar am Jachthafen. Wer weiß? Eines Tages wird es das vielleicht im wirklichen Leben geben. Sogar hier. Straßenbahnen. Einen Jachthafen. Und Bars, in denen Leute sitzen und plaudern. Willst du meine Freunde in der Grand-Rue treffen? Du musst ihnen nicht unbedingt was abkaufen. Sie freuen sich über Gesellschaft. Eine Stimme, die in einer fremden Sprache mit ihnen spricht, das ist chic, und Prestige macht zwar nicht satt, aber es ist tröstlich zu glauben, dass man einen Besuch wert ist. Außerdem bist du hübsch. Wenn du dann weggehst, bewahren sie etwas von deiner Schönheit und trinken nicht ganz so trübseligen Schnaps aus der Flasche, während sie über das Schicksal, die Kunst, das Leben und die Zukunft reden. Hier gibt es auch hübsche Mädchen. Aber das Begehren altert schnell, wenn es das Elend überlisten muss und sich an ein Mädchen heftet, damit weder das eine noch das andere auf der Straße endet, der Charme auch, und dann vergisst man, die Schönheit zu sehen, die ganz nah ist. Aber du willst meine Freunde in der Grand-Rue gar nicht besuchen. Auch nicht über die Schönheit der Einheimischen reden. Auch nicht von den Straßenbahnen und den Ufern in der Stadt erzählen, aus der du kommst. Du pfeifst auf die Künstler und Kunstschmiede. Du brauchst nur einen Führer, der dich dorthin bringt, nach Anse-à-Fôleur, wo sich dein Großvater und sein Freund, der Oberst, niedergelassen hatten, um abends gemeinsam zu trinken, sich ihrer Heldentaten zu erinnern und zu sterben. Du kommst, um die Wahrheit zu suchen. Über was? Über wen? Sie, dich, uns, deinen Vater? Den Sand? Das Meer? Das, was vergeht, und das, was fortbesteht? Das, was man dem Vergessen überlassen muss? Oder das, was man geduldig rekonstruieren muss, um seinen Schritten eine Richtung zu geben? Und was ist überhaupt die Wahrheit? Wohlgemerkt, mir macht das nichts aus. Du willst dorthin. Ich fahre dich dorthin. Wie der alte Friseur in der Rue Montalais immer sagte, der Arbeiter tut, was der Herr verlangt. Das war vielleicht ein Spaßvogel, dieser Manigat, der Friseur in der Rue Montalais. Seine Schnitte waren durchnummeriert von Null bis Vier. Welche Nummer? Ich war zehn Jahre alt und meine Mutter hatte nicht viel Geld. Ich habe die Null genommen, weil ich dachte, die Zahlen beziehen sich auf den Preis und ein Null-Schnitt kostet vier Mal weniger. Er hat mir den Schädel rasiert. Als ich nach Hause kam, hat mich meine Mutter verprügelt. Dann hat sie meinen Onkel aus seinem Atelier geholt, damit er sie zu dem Friseur begleitet, dem sie was erzählen würde. Sie hat Manigat gefragt, was ihn geritten habe, einem Zehnjährigen, der nicht an Haarausfall leidet, einen Sträflingsschädel zu verpassen. Lächelnd erwiderte er: Madame, der Arbeiter tut, was der Herr verlangt. Mein Onkel hat sich totgelacht. Meine Mutter nicht. Zu Hause hat sie mir gleich noch eine Tracht Prügel verpasst, damit ich mich nicht noch einmal in etwas so Ernstes wie die Familienfinanzen einmische, die nur die Erwachsenen etwas angehen. Ich bin ins Atelier meines Onkels geflüchtet. Er hat mich mit seinen Pinseln die Leinwand vollklecksen lassen und gesagt, vielleicht würden wir eines Tages zusammenarbeiten. Ich weiß. Das ist dir alles egal. Ich erzähl dir nur von meinem Onkel, weil er mich dorthin gebracht hat. Und weil er alles verstanden hat. Das Leben. Den Tod. Den deines Großvaters und seines Freunds, des Obersts. Wenn es da etwas zu verstehen gibt … Ich habe ihm Bescheid gesagt, wann wir ankommen. Du kannst bei ihm wohnen. Es geht ihm nicht gut. Ich glaube, er wird bald sterben, aber er will dich unbedingt kennenlernen. Man wird dich empfangen wie eine Prinzessin. Ich sage wie eine Prinzessin, aber dort schaffen weder Worte noch Taten eine Hierarchie. Du wirst empfangen wie jeder, der kommt und es verdient, empfangen zu werden. Du wirst das wenige bekommen, das sie haben, aber du wirst nichts über Dinge erfahren, die für sie ohne jede Bedeutung sind. Du wirst unverrichteter Dinge zurückkehren, oder bereichert um ein ich weiß nicht was, das dich dein Leben lang verfolgen wird. Wie der Ermittler, der aus der Hauptstadt gekommen war, um »Schuldige zu bringen«.

Wir brauchen eine Stunde, bis wir aus der Stadt sind. Dann fahren wir noch sechs Stunden. Durch Ebenen. Berge. Die Dörfer entlang der Fernstraße. Die Fernstraße. Hinauf. Hinunter. Dann die unbefestigte Piste. Dann Flussbetten, die zu breit sind. Dann Schotter. Dann wieder Piste. Und schließlich sind wir da. Wenn wir die Hauptstadt hinter uns gelassen haben, wird sich die Landschaft verändern. Auch die Temperatur. Nicht wirklich, aber hier hat man das Gefühl, dass die Hitze dreckiger, die Sonne stechender und der Schweiß zäher ist als dort. Ich weiß schon, was du denkst. Ich hab's dir ja gesagt, ich bin das *shit* und das *feo* der Kunden gewöhnt, die aus den Ländern des Nordens kommen. Sie setzen sich in mein Auto, vermeiden Verben und Grammatik, stattdessen machen sie mir mit Gesten und kurzen Sätzen klar, was sie wollen, als gäben sie einem schwachsinnigen Kind Befehle, und machen sich von allem schnell ein Bild. Ein Tourist ist sehr oft nur ein Geldbeutel, der das wenige, was er sieht, in autoritärem Ton kommentiert. Natürlich meinen sie, dass ihnen der Preis, den sie bezahlen, das Recht auf eine Meinung gibt, dass ihnen ihr Bargeld ein Expertendiplom verleiht. Kaum angekommen, haben sie schon was zu mäkeln. Mich stört das nicht. Wenn sie reden, muss ich nicht re-

den. Ich fahre nur und tue so, als würde ich zuhören, und
denke an was anderes. Ich habe nämlich noch einen Beruf,
ich erfinde Landschaften. Auch Städte. Wenn sie reden,
nutze ich die Zeit, um in meinem Kopf Bilder zu malen.
Mit dir ist das anders. Irgendwie so, als würden wir uns
kennen, wegen deines Vaters. Und weil du in deinem Brief
geschrieben hast: »Ich möchte zuhören und verstehen.«
Also sag mir, was du von meiner Stadt hältst. Du musst
sie merkwürdig finden, meine Hauptstadt, anmaßend und
bizarr, weil du aus einer echten Stadt kommst, mit Gesetzen, die alles regeln, auch die Lautstärke, die jedem erlaubt
ist. Ich kenne deine Stadt ein bisschen, von Filmen,
Büchern und Postkarten. Ich weiß, dass es einen Fluss
gibt und Uferwege, Straßenbahnen und Springbrunnen.
Wohnst du nah am Fluss? Ich fand die Vorstellung immer
schön, dass ein Fluss eine große Stadt durchströmt. Du
kannst mit mir reden, unsere Stimmen gelten gleich viel,
auch wenn du gekommen bist, um zuzuhören, wobei das,
was du hören willst, eine Sache ist, die nur dich etwas angeht. Aber erzähl mir von deinen Eindrücken, in Erinnerung an deinen Vater. Er redete nicht viel. Vielleicht ist er
bis ans Ende seines Lebens derselbe geblieben. Er war ein
trauriger Junge, der nie redete. Mach es nicht so wie er.
Erzähl mir von der Stadt, aus der du kommst. Erzähl mir
von den Uferwegen und den Straßenbahnen. Eine Stimme,
die erzählt, ist wahrhaftiger als ein Foto. In meiner Kindheit fehlte eine Stimme, die erzählt. Meine Mutter konnte
nur Katastrophen vorhersagen und mir von meinem Vater,
meinem »Dreckskerl von Vater«, erzählen. Das haben wir

gemeinsam, die Abwesenheit eines Vaters. Deiner ist zu früh gestorben, um dir Geschichten zu erzählen. Meiner liebte die Straße zu sehr. Vielleicht liebte auch deiner die Straße zu sehr. An dem Morgen, als er weg ist, mit seinem Rucksack und dem Geld, das er in der Tasche hatte, sah er glücklich aus. Du versuchst, Worte, eine Geschichte für die Stimme zu finden, die uns beiden fehlt. Ich habe mich damit abgefunden. Als Kind habe ich mit den Fäusten zu dem Abwesenden gesprochen, von dem meine Mutter ständig redete. Abends, im Licht der Lampe, wurde er zum Schatten, und es machte mir Spaß, ihm die Fresse einzuschlagen. Meine Fäuste waren ganz wund von den Schlägen ins Leere. Mein Onkel ließ mich gewähren, meine Mutter warf mir eine Neigung zur Gewalt vor. Dabei verprügelte ich ihn ebenso für sie wie für mich. Dann wurde ich größer und hatte nicht mehr so oft das Bedürfnis, meinen »Dreckskerl von Vater« zu hören oder mit ihm zu sprechen. Auch nicht, ihn zu verprügeln. Irgendwann hat man es satt, auf ein fiktives Wesen einzudreschen. Ich dachte mir, ein Onkel ist auch nicht so schlecht. Vielleicht sogar besser. Wenn ich Fragen hatte, half mir mein Onkel, die Antworten zu finden. Er wird auch dir auf seine Art helfen. Wenn er noch die Kraft dazu hat. Er hat nicht mehr viel Zeit. Wenn ihm noch ein Lebenshauch bleibt, wird er dir helfen. Aber es ist nicht sicher, dass er dich die Stimme hören lassen kann, die deiner Kindheit fehlt. Es ist wenig wahrscheinlich, dass sie dort in Anse-à-Fôleur, wo wir erst nach Einbruch der Nacht eintreffen werden, Antworten auf deine Fragen haben. Sie werden trotzdem kommen, um dich zu empfangen. Und wenn der Mond gnädig ist, wirst du dich an ihrem Lächeln erfreuen können. Du wirst dort viele lächeln sehen, einen wilden, aber freundlichen Strand, Früchte, weiches Brot und viele Lieder vom Meer finden, auch Räucherfisch, offene Hände und sehr talentierte Künstler, die an der guten Laune arbeiten, die geschicktesten Konstrukteure von Lauben und Booten aus ausgehöhlten Stämmen, Märchen und Legenden, um den Alltag auf Reisen zu schicken, aber keine Antwort auf deine Fragen. Bei dem Brand war ich dort, und ich fahre immer noch jeden Monat hin, um mit meinem Onkel Geschäftliches zu regeln. Aber weder in jener Nacht noch am nächsten Tag, noch Jahre später hat irgendjemand über den Tod deines Großvaters und des Obersts gesprochen. Wenn du also deswegen hinfährst, kannst du es dir auch noch anders überlegen, uns sechs Stunden Fahrt ersparen und dich wie eine echte Touristin benehmen, hier das Nirwana suchen und vor dem erstbesten Ramsch, der dir in einem Souvenirladen ins Auge sticht, in Ekstase verfallen. Wenn du lieber die Armut bestaunst, halt deine Kamera bereit, ich fahr dich in die einst schönen Viertel, die heute Ruinen sind, oder besser gleich in die Slums. Dort kannst du beim Anblick der Wäsche auf den Leinen und der baufälligen Gemäuer in Trübsinn verfallen oder um die schwangeren Mädchen und die alten Frauen weinen, die über ein Feuer gebeugt inmitten von Müllbergen ihre einzige Mahlzeit am Tag zubereiten. Tief bewegt über das Schauspiel kannst du alle Tränen der Barmherzigkeit vergießen. Zur Abwechslung kannst du danach ein paar Tage in einem Strandhotel verbringen, frisches Obst essen und Kokosmilch trinken. Dort greifst du dir einen schwarzen Hengst und leistest dir für wenig Geld eine »sexuelle Erfahrung«. Halt meinen Vorschlag nicht für beleidigend. Man darf niemanden verurteilen, wenn er ein Vergnügen sucht, das seinen Erwartungen entspricht. Erst wenn er es zum Gesetz erhebt, wird es problematisch. Eines der Grundprinzipien im Kodex von Justin, dem ehrenamtlichen Gesetzgeber von Anse-à-Fôleur, lautet: Jeder Mensch sollte der Glückshelfer eines anderen Menschen sein. Also sag mir, was du suchst, und es ist meine Pflicht, es für dich zu finden. Entschuldige. Ich schwindle ein bisschen. Manchmal packt mich schon die Wut, wenn ich an die Leute denke, die sich nicht rühren können, und an die anderen, die hier ankommen und verkünden, sie seien da, um »ihre Träume zu verwirklichen«. Das hat mir eine junge Frau gesagt. Sie hat sich hier niedergelassen. Morgens hilft sie den Kindern in einem Armenviertel, ihre Probleme zu malen. Therapie nennt sie das. Als würden die Kinder nicht davon träumen, etwas anderes zu malen. Abends lebt sie in einer Bar und betrinkt sich aufopferungsvoll. Heute nimmt sie meine Dienste nicht mehr in Anspruch, und wenn ich ihr über den Weg laufe, verspottet sie mich und wirft mir vor, dass ich mit Leuten arbeite, die keine Ahnung haben von diesem Land. Dabei hat sie sich gar nicht verändert, der einzige Unterschied ist, dass ihr Mangel an Bescheidenheit chronisch geworden ist. Eine Kundin, die nicht wieder weggefahren ist – aber all meinen anderen Kunden gleicht. Gott, was haben sie alles zu sagen!

Ich schreibe ihre Ergüsse auf und lese sie meinem Onkel vor. Er rät mir, eine Zitatensammlung daraus zu machen. Aber wer würde so ein Buch schon lesen! Das mit dem Hengst hätte ich dir vielleicht nicht vorschlagen sollen. Das war vulgär. Mein Onkel hätte es auch nicht gut gefunden. Entschuldige bitte. Was das Reden angeht, sagt Justin, macht eine Entschuldigung, wenn sie aufrichtig ist, die Beleidigung wieder gut und man verdient Vergebung. So funktioniert das im Dorf. Und so hübsch, wie du bist, laufen dir die Männer doch nach, gleich welchen Alters und welcher Hautfarbe. Aber bei den schönen Ausländerinnen weiß man nie, was sie im Kopf oder im Herzen haben, ganz zu schweigen von anderen Körperteilen. Ein hübsches Mädchen hat mich mal gebeten, ihm Tamarinden und Partner für neue sexuelle Erfahrungen zu besorgen. Wörtlich. So hübsch wie du. Eine Freundin hatte ihr erzählt, dass die Tamarinden hier besser schmecken als anderswo, und anscheinend gibt es in dem Land, aus dem du kommst, Frauen, die sich vorstellen, dass die Männer hier wegen der Sonne und irgendwelcher Zaubertränke einen Penis haben, der so dick ist wie ein Affenbrotbaum. Das mit den Tamarinden war einfach. Ich hatte keine Zeit, ihr frische auf dem Land zu pflücken. Also bin ich in einen Supermarkt gegangen, in die Abteilung mit importierten Früchten. Ich habe zwei Pakete gekauft, die Plastikverpackung und die Etiketten entfernt. Dann habe ich mit einer Kohlenverkäuferin um den abgenutzten kleinen Korb gefeilscht, der ihr als Messbehälter diente. Ich habe den Korb ein bisschen abgebürstet und die Früchte reingelegt.

Das Mädchen fand, dass die Tamarinden von hier wirklich einen besonderen Geschmack haben, irgendwie wilder. Kunststudentin war sie. Deshalb dachte ich, was die Männer angeht, sucht sie einen Ästheten. Ich habe ihr meine Freunde vorgestellt, die Künstler in der Grand-Rue. Sie hat sich den ausgesucht, der einem Zulu aus Comics am ähnlichsten sah, auch so ein Fall, wo sich die Wirklichkeit der Karikatur anpasst, er war gar kein Künstler, sondern trieb sich nur wegen Bier und Marihuana mit den anderen herum. Sie haben keine drei Worte gewechselt, dann sind sie zusammen abgezogen. Als ich sie zum Flugplatz brachte, habe ich mich nicht getraut, sie zu fragen, ob sie ihre sexuelle Erfahrung genauso interessant fand wie die Früchte. Wenn du in ein Strandhotel gehst, musst du nur einem Kellner winken oder an der Bar einen Rum sour trinken, schon umschwirren dich die Männer wie Fliegen, und in dem ganzen Haufen findest du sicher einen nach deinem Geschmack. Die schönen Ausländerinnen, auch die nicht so schönen, sind wie die Hilfsorganisationen oder das Rote Kreuz. Sie brauchen Opfer, Versuchskaninchen oder einfach nur Untergebene. Das Mädchen, das so hübsch war wie du, die Kunststudentin und Tamarindenesserin, wollte einen Mann so dumm wie Obst. Unter meinen Freunden gibt es viele, die nicht besonders begabt sind fürs Lesen und Schreiben. Jede Frage über ihre Arbeit ist für sie reine Folter. Sie haben Mühe mit den Sätzen, und wenn man ihre Kunst mag, sollte man ihnen besser nicht zuhören. Andere nehmen die Geschichte und Theorien sehr ernst und verzichten aufs Essen, um sich Bücher zu kaufen und auf dem Laufenden zu bleiben. Die mochte unsere Schöne nicht besonders. Ihr Mangel an Naivität störte sie. Sie wollte ihren Mehrwert nicht verlieren. Ich spüre, wie das Erstaunen der Touristen schnell in Ärger umschlägt, wenn ich mich mit ihm unterhalte. Als würden sie mir meine zwei Jahre Ethnologie-Studium nicht verzeihen. Ja, zwei Jahre. Aber von der Ethnologie kann man nicht leben. Ich bin lieber Reiseführer und übe mich insgeheim als Künstler. Als dein Großvater und sein Freund, der Oberst, starben, war ich fünfzehn. Ich machte damals schon mit meinem Onkel Geschäfte. Die Ethnologie kam später. Aber ich bin nicht lange genug an der Uni geblieben, um ein Diplom zu ergattern. Ich habe mir ein gebrauchtes Auto gekauft, und seither spiele ich den Reiseführer. Ich habe gern mit Leuten zu tun, auch wenn es immer nur vorübergehend ist. Und wenn ich echtes Leben brauche, fahre ich dorthin und trinke ein Glas mit den Fischern, begutachte Justins neue Gesetze oder diskutiere mit Solène und meinem Onkel über meine Fantasiestädte. Ihnen gegenüber ist das nicht gerecht. Ich bin dort ein bisschen wie ein Tourist, der ihre Bereitwilligkeit ausnutzt. Ich mache es wie meine Kunden, ich nehme, ohne zu geben, und ich schäme mich dafür. Wenn du dorthin gehst, geh nicht bloß, um verdorbene Früchte und männliche Analphabeten zu vernaschen, in ihre Höhlen einzudringen und ihre Träume zu erobern. Hier sind genug Raubtiere geboren und immer noch am Werk. Wir brauchen nicht noch Piraten, damit sie überhandnehmen. Geh auch nicht nur hin, weil du sie brauchst, um dir deine Legende zusammenzubasteln, um dein Gleichgewicht und deinen Weg zu finden. Wenn du dorthin gehst, musst du etwas finden, das du ihnen geben kannst. Um etwas zu bitten ist dort nicht üblich, aber wer empfängt nicht gerne!

Entschuldige, ich hatte ja über die Mädchen gesprochen. Wenn mich eine interessiert, spiele ich ein bisschen den Schwachkopf, und manchmal klappt's. Jedenfalls können wir die Richtung wechseln, wenn du magst. Hübsche wie dich habe ich schon vom Flughafen direkt ins Strandhotel gebracht und am Morgen ihres Heimflugs wieder abgeholt. Meine Statistiken zeigen: Wenn sie mit ihrer »Erfahrung« zufrieden sind, sind sie etwas spendabler. Ich nutze diesen Zustand der Seligkeit aus, um sie zu meinen Künstlerfreunden zu fahren. Man kann ja nicht nur Körper, sondern auch Kunst kaufen. Dann fahren wir in entgegengesetzter Richtung durch die Stadt zum Flugplatz, und ich säusle ein schönes Auf Wiedersehen. In kurzer Zeit und für wenig Geld haben sie genug Bilder und Eindrücke gesammelt, um ein ganzes Album zu füllen. Zu Hause haben sie es ihren Kollegen voraus, ein Land des Südens besucht zu haben. Ich stelle sie mir in einer schönen Stadt wie der deinen vor, in irgendeiner Wohnung mit Freunden oder bei einer Besprechung im Büro. Da kommt so ein Unvorsichtiger darauf zu sprechen, wie man am anderen Ende der Welt lebt, redet vom Geist der Armut und den Fehlern der Insulaner. Und sie greift mit autoritärer Stimme ein, macht sich interessant, spielt den Trumpf der unmittelbaren Erfahrung aus, sagt: Ich war dort, und macht ihre Artgenossinnen neidisch, die noch zögern, einen Teil ihrer Ersparnisse in den Exotikmarkt zu investieren, und nur das Eckchen Vorstadthimmel kennen, das sie von ihrer Wohnung aus sehen können.

Mein Gerede geht dir auf die Nerven. Ich wollte dich nicht verletzen. Ich hätte dir das ganze dumme Zeug über die Mädchen nicht erzählen sollen, die ein Haar in der Suppe, einen Deckhengst oder exotische Früchte suchen. Du kommst ja, um eine Geschichte für deinen Vater zu finden, etwas, das ihn lebendig erhält. Du willst das Geheimnis um das Verschwinden deines Großvaters ergründen. Die Entscheidung deiner Großmutter verstehen, bis zu ihrem Tod ein Antiquariat für Liebesromane zu betreiben. Romanzen. Ein Paradies für junge Mädchen, die nicht nur wegen der Bücher hingingen, sondern auch, um mit der Besitzerin zu plaudern. Du willst dir eine Familie zusammenbasteln. Sieh dich vor. Eine Familie ist nicht immer so, wie du sie dir vorstellst. Als deine Großmutter starb, haben die Erbberechtigten – Vettern, angeheiratete und andere entfernte Verwandte – die Liebesgeschichten, die ihr Glück gewesen waren, ohne Skrupel auf den Müll geworfen und verbrannt und aus ihrem Laden ein Arzneimittellager gemacht. Dein Wissensdrang macht mir Sorgen. Es gibt nichts zu erfahren, was du nicht schon weißt. Aber du imponierst mir auch, das muss ich zugeben. Mein Onkel möchte dich sehr gern kennenlernen. Er wird bald sterben. Er steht fast gar nicht mehr auf und betrachtet das Meer

39

jetzt vom Bett aus. Er hat immer mit Bildern gelebt, aber er ist auch für die Macht der Worte empfänglich. Dein Brief hat ihn berührt, und er hat den Dorfbewohnern erzählt, dass du kommst, damit sie dich gebührend empfangen. Ein unnötiger Rat. Dort werden Besucher instinktiv mit einem strahlenden Lächeln empfangen, wie es in Justins Kodex steht. Aber mein Onkel glaubt, dass du etwas Besonderes bist, dass es dir eigentlich nicht so sehr um deine Herkunft geht, sondern um ein Ideal. Dass du, wenn auch auf Umwegen, in Wirklichkeit dieselbe Frage stellst, die er dem Ermittler gestellt hat: Wie soll man sein Dasein auf der Welt nutzen? Deshalb hat er mich gebeten, mit dir die Einzelheiten der Reise zu regeln. Du schuldest mir nichts. Das Dorf wird dafür aufkommen. Du wirst dort erwartet, aber ich warne dich noch einmal, sie werden dir keinerlei Informationen über den Tod deines Großvaters und seines Freundes, des Obersts, geben. Schon zu ihren Lebzeiten sprach niemand über die beiden. Nur ich, der ich nicht von dort bin, redete damals mit der Unbekümmertheit des Halbwüchsigen über die Form der beiden Häuser. Warum waren sie genau gleich? Ich fragte die Leute nach dieser merkwürdigen Familie: eine Liebesromanleserin, ein trauriger kleiner Junge und ein Geschäftsmann, der jeden mit dem gleichen kalten Lächeln bedachte, das mir kein Vertrauen einflößte. Und die ständig wechselnden Dienstmädchen. Jedes Jahr kamen sie mit einem neuen aus der Hauptstadt. Es durfte sich nicht mit den Dorfbewohnern anfreunden. Es machte eilig seine Besorgungen und kehrte dann an seine Arbeit zurück. Man

hörte die Stimme deiner Großmutter, die hinter ihm her-
schimpfte. Nicht mit der Stimme der Groschenroman-
leserin. Es war eine zugleich gehässige und klagende Stimme. Warum redete sie so mit ihnen? Warum dies? Warum
das? Ich hatte lauter Fragen über sie und ihren Nachbarn,
den Oberst. Dessen Ruf kannte ich allerdings schon. Mit
fünfzehn musste man damals sein Leben im Bett oder unter den Röcken seiner Mutter verbracht haben, um die Namen der Militärs und Milizionäre nicht zu kennen, die die
Macht über Leben und Tod aller Einwohner der Republik
hatten. Er sah jung aus für einen Offizier im Ruhestand.
Einmal in der Woche rasten zwei Soldaten, immer dieselben, in einem Militärfahrzeug durchs Dorf und setzten
eine Frau, nie dieselbe, vor seiner Haustür ab. Die Soldaten verbrachten die Nacht im Auto, und früh am nächsten
Morgen kam die erschöpft wirkende Frau aus dem Haus,
setzte sich hinten ins Auto, ohne ein Wort mit den Soldaten zu wechseln, und das Trio fuhr zurück, wie es gekommen war. Beide Häuser waren neun Monate im Jahr un-
bewohnt. Das Dorf hat seine Gewohnheiten. Wenn in
einem Haus jemand krank wird, kümmern sich alle um
ihn. Bringen Brühe, Brei und gute Laune. Die Nachbarn
belagern das Haus mit Freundlichkeiten, begleiten die Familie in ihren Sorgen, muntern den Genesenden auf und
überlassen ihn erst wieder sich selbst, wenn er gesund ist.
Auch Geburtstage feiern sie wie anderswo die Kirchweih.
Alle beteiligen sich. Man bringt das wenige mit, was man
zu verschenken hat, oft nichts außer sich selbst, einen Augenblick, eine Geschichte, eine Anekdote, ein altes Banjo

und Lieder vom Meer. Also, die Anwesen deines Großvaters und seines Freundes, des Obersts, standen neun
Monate lang leer. Aber niemand im Dorf dachte daran,
die Pflanzen zu gießen. Neun Monate lang ging keiner zu
den schönen Häusern. Es war, als existierten sie nicht. Ich
wollte wissen, warum, aber die Antworten entmutigten
mich. Ich hörte auf, die Dorfbewohner mit meinen Gedanken und Fragen zu behelligen, und alles blieb so bis zu
dem Abend, als die beiden Häuser brannten. Auch danach.
Weder tot noch lebendig kamen dein Großvater und sein
Freund, der Oberst, in unseren Gesprächen vor. Das Leben deiner Großmutter dagegen haben wir ein bisschen
verfolgt. Da ich zwischen dem Dorf und der Hauptstadt
hin und her pendelte, habe ich mich mithilfe des Ermittlers
erkundigt und erfahren, dass sie dieses Antiquariat für
Liebesromane eröffnet hatte, das von vielen jungen Mädchen verschiedenster Herkunft besucht wurde, die sich nie
woanders begegneten, nicht in denselben Vierteln wohn-
ten, nicht auf denselben Bällen tanzten und auch nicht
dazu bestimmt waren, in den Armen derselben Männer zu
landen. Sie war eine Illusionshändlerin mit bescheidenem
Einkommen geworden. Ihre einzige Extravaganz waren
die altmodischen, unbequemen Kleider, die sie sich nach
dem Muster derjenigen nähte, die irgendwelche Roman-
heldinnen an ihrem Hochzeitsabend trugen. Alle außer
ihren Kundinnen hielten sie für ein bisschen verrückt. Es
hieß, dass sie lange Gespräche mit Fantasiegeschöpfen
führte, manchmal sogar feuchte Küsse mit ihnen tauschte.
Ein Mal bin ich in dem Laden gewesen. Ich habe nichts

gekauft, Liebesromane haben mich nie interessiert. Ich wollte dieses Atelier der Liebesleidenschaft, wie es mir vorkam, auch nicht durcheinanderbringen. Sie las tränenüberströmten jungen Mädchen Passagen über die Missgeschicke irgendeines Papierwesens vor. Sie hat mich nicht erkannt, und ich habe mich nicht vorgestellt. Sie hatte immer noch das Auftreten einer Romanheldin, wie an dem Morgen nach dem Brand. Sie war anderswo und glücklich. Ich habe sie ihrer Welt überlassen. Später hörte ich, dass man nach ihrem Tod in einer ihrer Schubladen eine Art Manuskript gefunden hat. Deine Großmutter hat idiotischen jungen Mädchen idiotische Träume verkauft. Und ich bin sicher, dass diese Mädchen sich noch als Greisinnen an die Trödlerin aus der Avenue des Lauriers erinnern werden. Von deinem Vater haben wir nie mehr gehört. Er hat sich zu Fuß auf den Weg gemacht, nur mit einem Rucksack. Und heute kommt eine junge Frau voller Fragen zu uns, die sagt, dass sie seine Tochter sei, und die ihn offenbar nicht besser kennt als wir. Vielleicht wollte er gar nicht gekannt werden. Vielleicht bestand seine ureigene Großzügigkeit darin, seine Verletzungen für sich zu behalten. Vielleicht war er ein zum Umherirren geschaffenes Tier, das nie sesshaft werden konnte. Mein Onkel hat eine Theorie. Es ist übrigens nicht nur eine Theorie. Es ist etwas sehr Konkretes, und Solène und ich helfen ihm, es in die Tat umzusetzen. Er nennt es die schöne Menschenliebe. Darin hat jeder seinen festen Platz, sagt er. Und man dürfe niemanden bitten, den Platz eines anderen einzunehmen. Vielleicht hat man von deinem Vater zu oft verlangt, den Platz eines anderen einzunehmen. Es ist schon ziemlich viel, überhaupt einen Platz in dieser Landschaft zu haben. Nicht jeder kommt hinein. Dein Großvater und sein Freund, der Oberst, hatten keinen Zutritt. Weder tot noch lebendig. Aber das war ihnen, glaub ich, scheißegal. Wenn man ihnen einen Vorzug einräumen muss, dann den, dass sie nie die Freundschaft des Dorfes gesucht haben, sie brauchten niemand anderen, um mit sich selbst zufrieden zu sein. Ich sehe sie noch vor mir, wie sie, ungerührt und unberührbar, morgens den Strand entlangmarschierten. Und dann sehe ich das Dorf, so wie du es sehen wirst, ohne sie und die »schönen Zwillinge«, und ich denke mir, das ist gewiss nicht schlimmer.

Aus der Hauptstadt war ein Ermittler gekommen. Ein kleiner Mann, der nicht böse aussah, aber dennoch als der beste Spürhund im Polizeidienst galt. Ein Spezialist für wichtige Fälle. Zwei Honoratioren waren umgekommen, verschwunden, ohne Spuren zu hinterlassen, unter zumindest irritierenden Umständen, an einem Ort, den der Minister und sein Stab nur mit Mühe auf der Landkarte finden konnten. Zwei gesunde, selbstsichere Männer, die in ihrem jeweiligen Beruf Karriere gemacht und sich einen beneidenswerten Platz in den höchsten Gesellschaftskreisen erobert hatten. Der Minister tobte:

– Was ist dieses Anse-à-Fôleur?

– Wir überprüfen es, Herr Minister.

– Wo ist dieses Anse-à-Fôleur?

– Im Norden, Herr Minister.

– Nordosten? An der Grenze?

– Nordwesten, Herr Minister. Die Grenze dort ist das Meer, Herr Minister.

– Und wer ist dieses Anse-à-Fôleur?

– Niemand, Herr Minister. Eine Handvoll Einwohner, ohne Vermögen und ohne Familiennamen.

– Allgemeine Merkmale? Besondere Kennzeichen?

– Nichts, Herr Minister. Ein Ort ohne jede Bedeutung,

ein abgelegenes Nest, ganz allein mit dem Meer, dessen Name nur ein einziges Mal in den Gesellschaftsspalten der hauptstädtischen Tageszeitungen erwähnt wurde, es ging um die beiden absolut identischen Häuser, die die Freunde sich von einem namhaften Architekten hatten entwerfen und bauen lassen und die sie »die schönen Zwillinge« getauft hatten. Sonst nichts Besonderes, außer einer Statue der heiligen Anna, die manchmal Pilger anlockt.

– Ach, die heilige Anna! Eine große Heilige ...

– Welche, Herr Minister? Es gibt mindestens zwei. Zwei sehr bekannte und eine ganze Menge weniger ...

– Schon gut. Unwichtig. Kurzum: Welche Pilger?

– Bettelarme, Herr Minister.

– Bettelarme ... Um in Anse-à-Fôleur zu sterben! Das riecht tausend Meilen gegen den Wind nach Verbrechen!

– Zweihundertfünfundsiebzig Kilometer, Herr Minister. Hundert Kilometer auf der Nationalstraße 1, dann kommt eine Abzweigung ...

– Unwichtig. Kurzum: zwei große Neger ...

– Neger, Herr Minister? Ich habe schon mit der Untersuchung begonnen. Der Geschäftsmann Robert Montès wollte kein Neger sein. Das ist bei ihm sogar Familientradition, Herr Minister.

– Unwichtig. Wer hat Ihnen gesagt, Sie sollen Nachforschungen über die Opfer anstellen! Kurzum: Man ermordet nicht ungestraft ehrenwerte Männer. Oberst Pierre André Pierre schützte den Staat vor diesen vaterlandslosen Gesellen, den Trotzkisten ...

– Leninisten, Herr Minister.

– Unwichtig. Kurzum …

– Erlauben Sie, Herr Minister, dieser Unterschied ist wichtig … Die Trotzkisten sind im Gegensatz zu den Leninisten …

– Unwichtig. Kurzum …

– Aber …

– Kein Aber, Herr Ermittler. Kurzum: Oberst Pierre André Pierre hat den Staat vor … Gaunern und Stänkerern beschützt. Er war einer jener tapferen Männer, auf deren Schultern das ganze Gebäude unserer Gesellschaft ruht. Und was meinen Freund angeht, der trug als Philanthrop und Schöpfer von Arbeitsplätzen viel zur Entwicklung unserer Wirtschaft bei. Ein unermesslicher Verlust. Wo, sagen Sie, liegt dieses Anse-à-Fôleur?

– Im Norden, Herr Minister.

– Kriminelle Vorgeschichte?

– Keine, Herr Minister. Nichts seit der Kolonialzeit, als dort Piraten hausten.

– Unwichtig. Kurzum: Bringen Sie mir Schuldige. Und versichern Sie der Witwe meine herzliche Anteilnahme. In meinem eigenen Namen und im Namen der Regierung.

– Aber man kann die Witwe nicht von der Liste der Verdächtigen streichen, Herr Minister.

– Hören Sie, Herr Ermittler. Diese Frau wirkte schon zu Lebzeiten ihres Gatten wie eine Witwe. Oder eher wie ein Gespenst. Gespenster töten nicht. Es war jemand von dort. Ob einer allein oder mehrere, bringen Sie mir diesen Jemand.

– Zu Befehl, Herr Minister.

So hat uns der Ermittler die Szene vorgespielt, bevor er in die Hauptstadt zurückfuhr. Seit er sich hat pensionieren lassen, ist er sehr gut geworden im Imitieren. Jetzt betreibt er eine Bar in einer etwas anrüchigen Gegend, wo keiner genau weiß, was lobenswerte Verdienste und was verwerfliche Praktiken sind. In seiner Bar gehen Vorbestrafte und ehemalige Zoll- und Polizeibeamte einen trinken und erinnern sich an frühere Zeiten. Die meisten haben ihr Betätigungsfeld gewechselt und lachen über ihre einstige Gegnerschaft. Sie leisten jetzt humanitäre Hilfe und werden manchmal wieder aktiv, wenn ein Fall sie interessiert: wenn eine Frau geschlagen oder jemand betrogen wird, der zu schwach ist, um sich zu wehren. Zur Kundschaft gehören aber auch einfache Bürger, die nie eine Waffe getragen oder Schlösser geknackt haben. Sie kommen, weil die Stimmung dort ausgelassen ist, weil Schlägereien verboten und die Besitzer sympathisch sind. Und der Name ist anziehend. Der Ermittler war mit Fragen, einem Auftrag und dem notwendigen Know-how zu uns gekommen, um Schuldige zu entlarven. Weggefahren ist er mit seinem Kündigungsschreiben in der Tasche und dem Namen für seine Bar: »L'Anse-à-Fôleur«. Ich trinke da manchmal ein Bier. Dann überlässt er seinen Partnern die Bedienung der Gäste, und ich erzähle ihm die Neuigkeiten aus dem Dorf, von meinem Onkel, von Justin und Solène, die schon lange kein junges Mädchen mehr ist, aber nicht zugelassen hat, dass die Zeit auch nur die kleinste Falte in ihrer wilden Schönheit hinterlässt.

Sie hatten ihren besten Ermittler geschickt. Du bist doch viel gereist und hast im Herzen von Metropolen gelebt, da wirst du wohl wissen, dass das Zentrum die Ferne nicht mag, es erobert sie höchstens. In der Stadt, aus der du kommst, werden Neuankömmlinge vom Ende der Welt sozusagen probeweise aufgenommen, bis man sieht, ob sie sich an die neue Vernunft gewöhnen können. Eine Art Anpassungsschule, in der nur die Besten bleiben dürfen. Nein, das Zentrum mag die Ferne nicht. Und manche Zentren sind mächtiger als andere. Meine Stadt ist nichts im Vergleich zu deiner. Aber alle Zentren ähneln sich. Sie ertragen die ungeordneten Verhältnisse der Peripherie nicht. Manigat, der alte Friseur in der Rue Montalais, war ein Mann des Zentrums. Er warf den Leuten aus der Provinz vor, in seiner schönen Hauptstadt Unruhe zu stiften. Seine Frau hatte ein kleines Mädchen in Dienst genommen. Sie sagte »eine kleine Verwandte« und weigerte sich, das Wort »Dienstmädchen« zu verwenden. Dabei war sie das. Die Kleine war zum Bedienen da und erhielt als mageren Lohn den Besuch der Abendschule, saubere Kleidung, eine Notmatratze und gerade genug zu essen, um ihren Hunger zu stillen. Aber das Wort »Dienstmädchen« blieb tabu. Und Manigat, der Spaßvogel, ärgerte seine Frau, indem er mit honigsüßer Stimme zu der Kleinen sagte: »Kleine Verwandte, hol mir meine Pantoffeln, kleine Verwandte, bring mir ein Glas Wasser.« Ein Mal, zu Neujahr, hatte Frau Manigat dem Kind ausnahmsweise neue Kleider und Schuhe gekauft. Jeden Morgen, sobald seine Frau aus dem Haus war, befahl Manigat der Kleinen, die Schuhe auszuziehen. Dann zog er ihr den rechten Schuh an den linken Fuß und den linken an den rechten und schickte sie so zum Einkaufen ins Viertel. Eines Tages sah die Frau auf dem Heimweg das Mädchen die Straße entlanghumpeln. Wütend kam sie in den Friseursalon und fing an zu schimpfen. Manigat erklärte seelenruhig lächelnd, er hätte es der Kleinen nur etwas schwerer machen wollen. Sonst würde sie glauben, alles sei einfach hier in der Hauptstadt. Die Führer der Welt, die die geografischen Gesetze diktieren, sind alle Manigats. Sie haben nur ein Prinzip: Das Zentrum muss man sich verdienen, die Ferne muss man überwachen. Das ist das Gesetz des Stärkeren. Und nun waren in Anse-à-Fôleur die beiden Stärksten gestorben. Bei euch hätte man dasselbe getan und einen Schuldigen gesucht. Ein Geschäftsmann. Ein Oberst. Ein Brand. Die Behörden in der Hauptstadt befürchteten einen kriminellen Akt, der womöglich der Auftakt zu einer ganzen Serie war, eine Drohung, die vom Meer kam und die Ordnung von der offenen Flanke her untergraben würde. Der Minister hatte gesagt: Finden Sie Schuldige. Im Ministerium hatten sie nicht gezögert. Sie hatten einen Experten geschickt. Den besten. Obwohl von kleiner Gestalt, war er imponierend mit seinen Heften, seiner Erfolgsbilanz von fünfunddreißig aufgeklärten Fällen, seiner Arbeitsdisziplin und seinem Diensteifer, seinen zahlreichen Fortbildungskursen an berühmten Akademien im Ausland, einem Bündel nagelneuer Geldscheine direkt von der Notenpresse, seiner Dienstwaffe und seinem Scharfsinn. So ein Mann und so ein Lebenslauf hätten anderswo sicher funktioniert. Aber in Anse-à-Fôleur sind die Leute mit sich selbst im Frieden. Und wenn ein Fremder kommt, sagen die Kinder zu ihren Eltern: Ein Neuer ist da. Und die Eltern fragen die Kinder nicht nach der Größe oder der Hautfarbe des Neuen, nach seinem Akzent, seinem Gewicht und seiner möglichen Herkunft. Sie fragen nur, ob er traurig oder heiter aussieht. Und alle laufen herbei, um den Neuen mit zuvorkommenden Gesten und einladendem Lächeln zu empfangen. Wenn er heiter ist, ist es leicht, man teilt seine Heiterkeit und er hilft dabei, Verletzte in melancholischer Stimmung zum Lachen zu bringen. Wenn er schüchtern und zögerlich ist, lässt man ihm die nötige Zeit, um sich nach und nach an die wechselnden Farben des Wassers zu gewöhnen. Und der Neuankömmling lässt sich langsam von der Meeressehnsucht überwältigen. In Anse-à-Fôleur drängt man die Ankömmlinge nicht, sie entscheiden allein, welche Veränderungen sie brauchen. Zwei Tage hatten genügt, um den Ermittler zu überzeugen, seinen dunklen Anzug gegen ein kurzärmliges himmelblaues Hemd zu tauschen und seine Dienstwaffe in seinen Koffer zu legen, den er unter einem Stapel Aquarelle im Atelier meines Onkels versteckte. Er wohnte bei meinem Onkel. In den letzten Tagen seines Aufenthalts saß er morgens mit seinem

Gastgeber am Fenster und trank Kaffee. Die Dorfbewohner sprachen mit ihm wie mit einem Freund. Solène, schön wie immer, nannte ihn »kleiner Herr aus der Hauptstadt«. Jemandem einen Spitznamen zu geben ist dort ein Zeichen von Zuneigung. Justin ist Sokrates. Wegen seiner Gesetze, die er niemandem aufzwingt. Auch dir werden sie einen Spitznamen geben, das ist wie ein Pluspunkt, eine Anerkennung für das, was dich ausmacht, dich und nur dich. Der Ermittler war mit lauter Anschuldigungen gekommen. Zuerst glaubte er an eine List: Die Verdächtigen empfingen ihn mit offenen Armen wie einen lange nicht mehr gesehenen alten Freund. Dann begriff er, dass es aufrichtig war, wenn die Kinder ihn zum Mitspielen aufforderten. Die anderen Erwachsenen waren zu groß und verloren absichtlich beim Fußball oder Völkerball. Die Kinder fielen nicht darauf herein und wollten richtig gewinnen oder ohne Bedauern verlieren, vorausgesetzt sie spielten mit gleich Starken. Sie freuten sich, einen Gegner zu treffen, der so groß war wie sie und den sie in einer fairen Partie besiegen konnten. Die Erwachsenen schlugen ihren Nachbarn nie etwas ab. So schlossen sie auch den Neuen ins Herz, und er genoss die Freundschaft, die man Nachbarn schuldet. Es war normal, dass man Suppe und weiches Brot mit ihm teilte. Als gewissenhafter Beamter befragte der kleine Herr aus der Hauptstadt sie trotzdem weiter und verdächtigte den oder jenen. Alle, Kinder wie Erwachsene, unterwarfen sich dieser Übung, ohne ärgerlich oder ungeduldig zu werden. Wenn man jemanden bei sich aufnimmt, ist es ein Gebot der Höflichkeit, sich mit seinem Gast auch über Dinge zu unterhalten, die ihm am Herzen liegen, selbst wenn man sie unwichtig findet. Nach einer Woche Nachforschungen und Befragungen hatte der kleine Herr aus der Hauptstadt das Tun und Lassen der Bewohner in der Nacht des Brandes notiert und vage Betrachtungen über das Alltagsleben in Anse-à-Fôleur angestellt. Er hatte deine Großmutter und deinen Vater einzeln befragt, was sie in jener Nacht getan hatten, aber ihre Antworten nicht in seinen Bericht aufgenommen. Am Tag seiner Abreise hat er mit meinem Onkel darüber gesprochen. Sie hatten zusammen Kaffee getrunken. Aber die Kinder hatten sie unterbrochen, um ihren neuen Freund zu einem letzten Fußballspiel abzuholen. Er spielte in jeder Mannschaft eine Halbzeit, verlor einmal als Torwart und gewann dann als Stürmer. Die Kinder hatten applaudiert, wenn er erfolgreich war, und bei seinen Schnitzern geschimpft, freundschaftlich, wie es sich unter Brüdern und Teamkameraden gehört. Danach hat er mit einem Fischer eine Bootsfahrt gemacht. Dann hat er den dunklen Anzug des Experten von der Kriminalpolizei wieder angezogen, in dem er gekommen war, und seinen Koffer aus dem Versteck unter den Aquarellen meines Onkels geholt. Er sah ganz traurig aus. Um ihn zu trösten, schenkten die Kinder ihm die schönste Muschel, die sie am Strand fanden, als Preis für das Spiel. Solène küsste ihn auf beide Wangen, und alle sagten zu ihm: Bis wann immer du wiederkommen willst, kleiner Herr aus der Hauptstadt.

Denk jetzt bloß nichts Falsches. Wenn er in seinem Bericht nichts davon erwähnt hat, was deine Großmutter und dein Vater in der Brandnacht getrieben haben, dann nicht, weil sie das Feuer gelegt und zugeschaut hätten, wie dein Großvater und sein Freund, der Oberst, verbrannten, sondern weil ihre Nacht niemanden etwas angeht, am wenigsten die Justiz und die Machthaber, die angeblich für Gerechtigkeit sorgen. In seinem Bericht verzeichnete der Ermittler, hier und da die Worte der Dorfbewohner zitierend, lediglich, dass »die Gattin und der Sohn des Geschäftsmanns Robert Montès erst am Morgen auftauchten, offenbar keines Verbrechens schuldig und im Geiste weit entfernt von jeder Gewalttat, woraufhin jeder seiner Wege ging, die Frau ostwärts mit dem schmachtenden Auftreten einer Romanheldin, das die Dorfbewohner gar nicht an ihr kannten. Normalerweise ging sie selten aus, sprach wenig, mied den Strand und die Dorfbewohner, verbrachte den Großteil ihrer Urlaubstage damit, die Dienstmädchen anzufahren, die immer zu schmutzig und zu ungeschickt waren, und ihre Abende mit der Lektüre von Liebesromanen, deren Einbandfotos sie mit einer Begeisterung betrachtete, die bei einer Frau ihres Alters eher dümmlich wirkt, während ihr Gatte im Salon mit seinem

Freund, dem Oberst, plauderte, wobei der eine nur Bordeauxwein, der andere nur schottischen Whisky trank. Am Tag nach dem Brand sah man Madame Montès, Hélène mit Vornamen, wie eine Königin am Strand in Richtung Osten wandeln, als wäre sie zur Heldin ihrer Lieblingsromanze geworden. Am anderen Ende des Dorfs, gen Westen, genoss ihr Sohn, der schweigsamste aller Jungen, endlich die Freuden des Gesprächs und blieb stehen, um den Gruß der Spaziergänger zu erwidern, mit ihnen über alles und nichts zu reden, worüber die Menschen eben so reden, und eine Portion Morgenrot und Tau mit ihnen zu teilen.«

Ja, du kannst bei meinem Onkel wohnen, und alle werden dich freundlich empfangen, aber du wirst nicht mehr erfahren als der Ermittler. Bei ihm lag es nicht daran, dass er nicht alles versucht hätte. Drohen, Schmeicheln, Deduktion, Induktion, mal beschuldigte er Frau und Sohn des Geschäftsmanns, mal Justin oder mich selbst, einfach alle und jeden. Er hatte einen eindeutigen Befehl: »Bringen Sie uns Schuldige.« Gebraucht wurde ein Kranker oder ein Aufrührer. Schlimmstenfalls war es ein Familiendrama. Wenn er wegfuhr, ohne das Rätsel gelöst zu haben, war seine Karriere gefährdet, aber vor allem wäre es eine persönliche Niederlage für diesen leidenschaftlichen Anhänger der Logik. Schließlich brennen Häuser, vor allem die der Reichen, sagte er, nicht einfach so ab wie durch Zauberhand, paarweise, ohne ihren Bewohnern Zeit zur Flucht zu lassen. Im Prinzip hat er ja recht. In der Welt deines Großvaters stirbt man nicht einfach so. Urplötzlich. Ohne Vorzeichen. Außer in Fällen von Fresssucht oder fehlender Selbstdisziplin, die Herzinfarkte und verschiedene Arten von Unfällen nach sich ziehen. In der Welt deines Großvaters verschafft man sich Mittel, um der Zeit Zeit abzukaufen. Das ganze Genie der Wohlhabenden besteht darin, ihr Leben lang gegen das Unvermeidliche zu kämpfen. Sie sterben langsam, sparen sich auf, mumifizieren sich zu Lebzeiten wie als Vorbereitung darauf, im Jenseits fortzudauern, und gönnen sich zum Abschluss oft irgendeine Laune: eine letzte Weltreise oder ein überlebensgroßes Porträt. Als Kind habe ich manchmal meinen Onkel begleitet, wenn er eine Bestellung in der Residenz eines Bankiers oder eines hohen Beamten ablieferte. Ein Rascheln und Flüstern, als wollte man den Sterbenden noch trauriger machen, als er durch den Gedanken an seinen nahen Tod bereits war. Kein Gefühl für Feierlichkeit. Wenn in Anse-à-Fôleur einem Erwachsenen der Tod droht, erzählt man ihm Witze oder singt ihm lustige Lieder vor, und er lacht, ohne sich zwingen zu müssen. Und man bietet ihm, ob Mann oder Frau, die Möglichkeit, mit einem Menschen zu schlafen, den er schon lange begehrt hat. Das ist ein Gesetz, das Justin unter der Rubrik »Abschiedsgeschenk« in seinen Kodex eingetragen hat, denn Lachen und sexuelle Lust sind vielleicht die einzigen Zustände der Gnade, die dem Menschen vorbehalten sind. In der Welt deines Großvaters stirbt man steif und im dunklen Anzug. Um den Besiegten versammeln sich sechzigjährige Frauen, deren Körper lange ihr größter Trumpf war und die nun so tun, als wären sie halbe Jungfrauen, und Herren mit zusammengepressten Zähnen, das Gesicht verschlossen wie ein Grab. Alles ist glatt und sauber. Die Haare, die Schuhe … Wie Statuen, die sich mit Antiseptikum berauschen. In der Welt deines Großvaters ist Sterben eine persönliche Niederlage, auf die sich der Lebende und seine Nächsten lange vorbereiten. Ein fortschreitendes Leiden, der Wech-

sel vom praktischen Arzt zum Spezialisten, man schlägt
Alarm, erhält einen Aufschub, und wenn das endgültige
Urteil gesprochen ist, vergewissern sich die Angehörigen,
dass die Dokumente in Ordnung sind, sorgen widerwillig
für Ablösung im Zimmer des Sterbenden, während sie an
die Nachfolge denken, und trösten sich über den erwarte-
ten Abschied mit Floskeln aus dem offiziellen Repertoire:
»Es ist besser so … Gott hat ihn von seinen Leiden er-
löst …« So will es die Tradition, ob Geschäftsmann oder
Oberst, man stirbt alt und einsam einen nicht überra-
schenden Tod im Kreis seiner Nächsten, wobei sich niemand freiwillig meldet, um den Vielgeliebten ins Jenseits
zu begleiten. So spielt sich das auch bei dir ab, in der schönen Stadt, aus du kommst. Wenn man's genau nimmt,
seid ihr im Vergleich zu uns alle Geschäftsleute und Offiziere. Im Prinzip hatte der Ermittler recht, was das Sterben
und das Feuer angeht. Die Reichen mögen keinen kollektiven Abschied. Bei den Armen hingegen ist das üblich.
Das Elend macht aus nichts, einem Strohhalm oder einem
Staubkorn, ein großes Feuer, zerstört ein ganzes Viertel
und nimmt alle mit sich. Verrottete Matratzen, Pappkar-
tons, von der Zeit zerfressenes Blech, dieser ganze Müll-
haufen, der den Ramsch der Armen ausmacht, das ganze
abgenutzte Zeug, das seine Zeit lange überlebt hat, brennt
wie Zunder. Für die Ermittler ist es einfach: Die Nachlässigkeit der Opfer ist schuld oder es war ein Unfall. Dein
Großvater und sein Freund, der Oberst, haben mit der Tradition gebrochen, als sie zum Sterben nach Anse-à-Fôleur
kamen. Deine Großmutter auch, als sie ihren Gatten nicht

beweinte. Und dein Vater, der in derselben Woche mit einem Schlafsack und seinem Taschengeld fortging und den niemand je wiedergesehen hat. Die erste Nachricht, die wir seitdem von ihm erhalten haben, bist du. Ich glaube, sie werden sich freuen, dich zu sehen. Du hast seine Augen. Vielleicht auch nicht. Man sucht immer nach Ähnlichkeit zwischen Menschen, von deren Verwandtschaft man weiß. So raubt man ihnen etwas von ihrer Individualität, stellt sie in eine Reihe. Man erwartet, dass sie diesen Tick haben oder jenes Verhalten an den Tag legen, und weil man oft findet, wonach man gesucht hat, ruft man bei der ersten Regung, die unseren Erwartungen zu entsprechen scheint: Ich war sicher, der Apfel fällt nicht weit vom Stamm, und ähnliche Phrasen. Nein, du hast nicht die Augen deines Vaters. Ehrlich gesagt erinnere ich mich gar nicht an seine Augen. Seine Gesichtszüge sind verschwunden. Ich erinnere mich nur, dass er immer allein war und nicht mit den Leuten im Dorf sprechen wollte, noch weniger mit deiner Großmutter und erst recht nicht mit deinem Großvater. Ich habe seine Stimme nur am Morgen nach dem Brand gehört, in der Dämmerung. Aber ich weiß, was er in der Nacht des Brandes getan hat und dass er am nächsten Morgen glücklich war. Wenn er dir nichts gesagt hat, warum sollte ich es dir sagen! Warum willst du dorthin und nach der Wahrheit suchen? Und nach welcher Wahrheit? Angenommen, ich erzähle, was ich weiß. Oder jemand anderes tut es. Solène. Mein Onkel. Irgendwer. Der Bericht würde nie etwas anderes widerspiegeln als den Glauben des Erzählers! Den guten Glauben oder den bösen, vielleicht beides zugleich. Wenn ich dir zum Beispiel erzähle, dass mein Vater ein Dreckskerl ist, den ich nur zweimal im Leben gesehen habe, am Tag meiner ersten Kommunion und bei seiner Beerdigung, dass mein eigentlicher Vater mein Onkel ist, weil er mit seiner Malerei mein Schulgeld bezahlt hat und mich mit seinen Pinseln die Leinwand vollklecksen ließ, als ich klein war, ist das wahr. Aber wenn ich dir sage, dass ich meinem Dreckskerl von Vater mildernde Umstände zubillige und ihm gute Seiten unterstelle, dass jemand, der in meinem Leben nie existiert hat, mir manchmal fehlt, ist das auch wahr. Man kann einen Menschen nicht auf einen Nenner bringen. Mein Onkel, der ein großer Leser war, behauptet, dass der Roman die gewöhnlichste aller literarischen Formen ist, weil er immer etwas Banales erzählt, eine Mischung aus kleinen Tugenden und kleinen Fehlern, die das Individuum ausmachen. Er hatte es satt, Porträts von Personen zu malen, die außer dem Wahn von Größe und ewigem Leben nichts Außergewöhnliches an sich haben, aber Geld, um zu bezahlen. Keine Individualität ist beispielhaft. Nur außergewöhnliche Schicksale verdienen es, erzählt zu werden. Solche, die durch das Grauen eines großen Makels oder die Gnade einer herausragenden Fähigkeit der Alltagsgeschichte entgehen. Dein Großvater und sein Freund, der Oberst, gehörten zu den Ausnahmen. Vielleicht auch nicht. Ich kenne andere ihrer Art. Aber sie waren geradezu Musterexemplare. Der Ermittler hatte Archive und Zeitungen durchsucht und die Bekannten der beiden Verstorbenen befragt. Er war bis zu ihrer Kindheit, ihrer Jugend, ihrer ersten Begegnung zurückgegangen. Der Bericht, den er dem Minister übergeben hat, enthält weit mehr Einzelheiten über das Leben der Verstorbenen als Fakten über die Umstände ihres Sterbens. Mein Onkel hat eine Kopie des Berichts. Du kannst ihn lesen. Aber wenn du willst, kann ich den Text auch zusammenfassen und dir sagen, wer sie waren, dein Großvater und sein Freund, der Oberst. Was außergewöhnlich oder beispielhaft an ihnen war. Ihr Tod ist nicht das Wichtigste. Das Wichtigste ist, dass dein Vater Leben schenken konnte. Auch das unglaublichste. Dein Vater hatte tote Augen und nicht genug Leben in sich, um daran zu denken, es fortzupflanzen. Bis zu jener Nacht.

Der Minister hatte gesagt: Bringen Sie uns einen Kranken oder einen Aufrührer. Und als anständiger Beamter hatte sich der kleine Herr aus der Hauptstadt auf die Suche gemacht. Die Vorstellung einer kollektiven Krankheit gefiel ihm. Dank seiner Lektüre und seinen Beobachtungen konnte er die Existenz derartiger Phänomene bestätigen. Wer erinnert sich nicht an verheerende Epidemien wie den »Weltschmerz«, den »Spleen«, den »Ruf der Ferne« und andere romantische Abwege! Und in dem Paradies, aus dem du kommst und wo der Ermittler seine Fortbildungskurse absolviert hat, fehlt es erst recht nicht an kollektiven Verrücktheiten. Schon wenn man in Zeitschriften blättert und die Nachrichten verfolgt, findet man genug für jeden Geschmack. Das geht von jungen Leuten, die sich überall rasieren (weil Körperbehaarung unrein ist), bis zu Vereinen zur Verteidigung der Behaarung (weil sie der Körper im Naturzustand ist). Von Gnostiker- und Agnostikersekten bis zu Antisekten-Sekten. Von Eltern, für die das Kind ein Gott ist, sodass sich jedes Neugeborene für einen Pharao halten kann, dem nichts und niemand widersprechen darf, und das eines Tages dann plötzlich ausrastet, sich eine automatische Schusswaffe kauft und auf seine Eltern, Lehrer oder Schulkameraden schießt, bis zu dem Kindermörderpaar, das seinen Nachwuchs im Garten vergräbt oder im Kühlschrank aufbewahrt. Bei euch, so sagte der Ermittler, ist keine Geste, keine Seelenregung ohne ihr Gegenstück denkbar. Jeder Wahn bringt dort einen entgegengesetzten Wahn hervor. Auf seine Dialektik gestützt, erwartete der kleine Herr aus der Hauptstadt, in einer Stadt am Wasser heimliche Anhänger der Pyromanie und hinter so friedvollen Augen Aufrührer zu finden. Aber die Realität gehorcht uns nicht. Der Wind lässt sich nicht einfangen. In Anse-à-Fôleur ist der Aufruhr Sache des Windes. Der Wind hat die Macht über Bauwerke und Lebewesen, er kann errichten und vernichten. Ist er böse, zerstört er alles, aber in der guten Jahreszeit trägt er Drachen und bahnt Vögeln den Weg. Und dort, das wirst du sehr schnell entdecken, leidet man, abgesehen von den üblichen Krankheiten infolge von Entbehrungen, der Zeit, die das Leben zermalmt, und den Zufällen der Genetik, nur an der Meeressehnsucht. Das hat der Ermittler so in seinem Bericht festgehalten. In dem kleinen Ort Anse-à-Fôleur haben sie nicht die Mittel, sich eine breite Palette von Geisteskrankheiten zu leisten. Das einzige kollektive Leiden ist die Meeressehnsucht. Die Männer fahren morgens aufs Meer hinaus und kehren abends mit Geschichten vom Meer im Mund, dem Geruch des Meeres an den Kleidern und Bildern vom Meer in den Augen zurück, und wenn sie gehen, wiegen sich ihre Schritte im Rhythmus des Meeres. Die Frauen vertrauen sich ihm an, ohne eifersüchtig zu sein, und manchmal beschimpfen sie es. Und wenn das Leben sie bei der undankbaren Ausübung ihrer mütterlichen Pflichten dazu zwingt, mit den Kindern zu schimpfen, drohen sie ihnen flüsternd: »Wenn du so weitermachst, bekommst du kein Boot, wenn du groß bist.« Oder: »Pass auf, wenn du nicht brav bist, wirst du eines Tages aufs Meer hinausfahren, und das Meer wird ohne dich zurückkommen.« Da der kleine Herr aus der Hauptstadt weder Kranke noch Aufrührer gefunden hatte, übergab er dem Minister seinen Bericht und seine Kündigung. Seine Schlussfolgerungen waren, dass die Wahrheit hinter dieser Geschichte, und vielleicht hinter jeder Geschichte, bröselig ist, ein graues Pulver, das im Wind verweht. Die beiden in jeder Hinsicht identischen Häuser und ihre Besitzer, der pensionierte Oberst Pierre André Pierre und der Geschäftsmann Robert Montès, zwei Eroberer der Neuzeit, waren geräuschlos, ohne Beleg, ohne einen einzigen Blick auf sich zu lenken, mit Haut und Haar verbrannt, vollkommen gleich auch in der Katastrophe, und hatten nichts hinterlassen als zwei Zwillingshäuflein Asche, die im Lauf der Stunden dahinschwanden, weil der Wind es übernahm, sie im Meer zu verstreuen. Eine Woche nach ihrem Verschwinden war es, als hätten die beiden Männer und ihre Häuser niemals existiert. Zurück in der Hauptstadt, hat der Ermittler seine Diplome, seine Urkunden und seine Medaillen in ein Schubfach gelegt und den dunklen Anzug durch Pastellfarben ersetzt. Er hat sich mit seiner Geliebten versöhnt und sich für einen dummen Streit entschuldigt, weil er ihr nachspioniert – Berufskrankheit eines genialen Ermittlers – und entdeckt hatte, dass sie noch einen zweiten Liebhaber hatte. Sie hat sich entschuldigt, ihm etwas verheimlicht zu haben, dessen sie sich nicht schämte, aber man findet eben nicht immer die richtigen Worte, um über solche Dinge zu sprechen. Sie hat ihm den anderen Liebhaber vorgestellt, und sie haben zu dritt eine Firma gegründet, die nicht viel einbringt. Sie wohnen zusammen und vermieten die beiden überflüssigen Wohnungen sehr preiswert, bevorzugt an die zahlreichen Verliebten, die bei offener Tür schlafen. Aber am meisten verdienten sie mit dem »Anse-à-Fôleur«. Ich habe dir ja erzählt, dass ich manchmal hingehe, und als ich das Trio sah, habe ich mir wie alle anderen auch die eine oder andere Frage gestellt. Der kleine Herr aus der Hauptstadt, ganz sanft in seinen Pastellfarben, hat mir dann lächelnd erklärt, bei seinem Besuch in Anse-à-Fôleur habe er gelernt, dass Glück das Einzige ist, was zählt. Alles andere ist ein Hindernis. Er sei glücklich. Seine Geliebte sei glücklich. Die einzigen Kriminellen, die man verfolgen sollte, seien diejenigen, die alles Glück der Welt für sich allein haben wollen. Manchmal kümmerten sich die Natur oder der Zufall darum. Und Dinge, die aufgrund eines höheren Prinzips ausgleichender Gerechtigkeit notwendig geworden seien, geschähen am Ende von selbst, ohne dass jemand nachhelfen müsse.

Schläfst du? Davor hatte eine Frage den Ermittler umgetrieben. Was war der Ursprung der Freundschaft zwischen dem Oberst im Ruhestand Pierre André Pierre, ehemals Truppenkommandant, ehemals Chef der politischen Polizei, ehemals Instrukteur an der Militärakademie, und dem Geschäftsmann Robert Montès, Eigentümer eines Reisebüros und Organisator von Charterflügen nach Europa und Israel, Ehrenpräsident der Stiftung der Tierfreunde, Mitglied des Verwaltungsrats einer Bank und Hauptaktionär von drei oder vier mittelgroßen Unternehmen, die als Tarnung für Lebensmittelschmuggel dienten? Die Informationen, die der kleine Herr aus der Hauptstadt zusammengetragen hatte, ergaben das Profil von zwei potenziellen Feinden. Zwei Männer der Macht, das schon, aber ihre Art, sie zu erobern und auszuüben, war unterschiedlich. Ihre Herkunft und ihre Umgangsformen, ihr Temperament, ihre gesellschaftlichen Gewohnheiten, alles trennte sie und bestimmte sie dazu, schonungslos und ohne Erbarmen die alten, oft mörderischen und niederträchtigen Fehden wegen Hautfarbe, Herkunft und Herrschaftsstrategie auszufechten, die während der gesamten Geschichte der Nation Noiristen und Mulatristen, »Nationale« und »Liberale«, Landadel und Kaufmannsbourgeoisie, Erben und Selfmademen entzweit hatten.

Oberst Pierre André Pierre war ein Mann der Tat, der sich vom Instinkt leiten ließ und Wert auf seine Bewegungsfreiheit legte. Er hatte nur mit wenigen Menschen Umgang, sprach kaum, äußerte nie eine Meinung, legte einzig seinen Vorgesetzten Rechenschaft ab und auch denen nur, wenn ihn die Militärvorschriften dazu verpflichteten. Er bewahrte keine Bindung an die Vergangenheit und belastete sich nicht mit neuen Beziehungen. Er hatte sich sogar der Erinnerung an seine Eltern entledigt und persönlich mehrere Cousins und andere Verwandte festgenommen, deren Land auf dem Immobilienmarkt einigen Wert besaß. Als Junge wohnte er während des Schuljahrs in einem Pensionszimmer in der Hauptstadt und verbrachte die großen Ferien in seinem Heimatdorf. Er verprügelte alle, seine Klassenkameraden, seine Lehrer, die Kinder seiner Vermieterin, seine eigene Familie, die Bauernjungen, die im Fluss badeten. In der Stadt wie auf dem Land bedeutete sein Auftauchen Gewalt. Die einzigen Menschen, gegen die er niemals die Hand erhoben hat, waren sein Vater und seine Mutter, nicht aus Sohnesliebe, sondern einfach deshalb, weil er sie genug terrorisierte, ohne dass er sie schlagen musste, und weil er mühelos alles von ihnen bekam, was er wollte. Nach seiner Einschreibung an der Akademie nährten seine Eltern eine Zeit lang die Illusion, er würde dort Disziplin lernen, und um sicherzugehen, dass er sich endlich gesittet benehmen würde, führten sie ihn vor der Abreise zur Militärakademie

in den Voodootempel des Dorfs. Sie rieten ihm, immer
dem Geist der Gesetze zu folgen, die ihn vor den Schre-
cken der Stadt beschützen würden. Er besuchte einige
Tempel, war aber kein eifriger Gläubiger, weil er schnell
begriffen hatte, dass die Macht der Uniform und der Waffen manchmal auch die Götter beeindruckt. Außerdem
dachte er, dass man ihn in der Stadt bei seinem Aussehen,
seiner Herkunft und seinen vielen Aussprachefehlern
zwangsläufig für jemanden halten würde, der in die Magie
eingeweiht ist und die Gunst der Schutzgötter der Nation
genießt. Als Eingeweihter zu gelten hat den Vorteil, dass
man es in Wirklichkeit überhaupt nicht sein muss, auch
mit Gebeten und Opferzeremonien keine wertvolle Zeit
zu verschwenden braucht, die man anderweitig besser
nutzen kann. Über das gesittete Benehmen, zu dem seine
Eltern ihm rieten, wusste er nur, dass es die Menschen
dazu verdammt, an dem Platz, an dem sie geboren sind,
vor Entbehrungen zu sterben, ohne je gewagt zu haben,
sich ihre Wünsche zu erfüllen, ohne sich auch nur gefragt
zu haben, was für Wünsche sie hatten. Im Gegensatz zu einem Großteil seiner Jahrgangskameraden, die wie er aus
bescheidenen Verhältnissen stammten, zeigte sein Gesicht
nicht die Spuren der Demütigungen und der Verachtung,
die ein Kind vom Land von den Kindern aus der Stadt ertragen muss. Wenn man sein Leben lang Fußtritte in den
Hintern bekommt, sieht man das schließlich auch dem
Gesicht an. Die Gesichter der ranghohen Armeeoffiziere
waren voller Narben, Spuren alter Entbehrungen: eine
Kindheit mit dünner Suppe und ranzigem Pökelfleisch, die

sexuellen Frustrationen des einstigen Paria, die Peinlichkeit eines Vornamens als Nachname, die hundertfach geflickten Uniformen, die schmutzigen Kragen, die Zurückweisungen ... Oberst Pierre André Pierre hatte nicht weniger Demütigungen erlitten als seine Kollegen, aber er war weder zum Ideologen berufen, dessen Gesellschaftstheorie sich aus der persönlichen Erfahrung speist, noch erfüllte ihn der Hass eines rachedurstigen Verlierers. Zumindest war er nicht so schwach, seine Gedanken und Motive ahnen zu lassen. Seine Beförderung bis zum Oberst verdankte er weder Treueschwüren noch Palastintrigen. Pierre André Pierre war ein Mann der Tat, der sich niemals beklagte, vor nichts zurückschreckte, niemals zögerte, nichts Unmögliches kannte. Als man den jungen Mann beschuldigte, sich etwas zu viele Übergriffe zu erlauben, was dem Regime womöglich eine schlechte Presse einbrächte, erinnerte der Präsident, der belesen war und das psychologische Profil jedes seiner Männer kannte, seine Berater daran, dass der kleine Pierre auf seine Art ein Sensualist und Spontaneist sei, durchaus rühmliche Eigenschaften für ein Kind der Revolution. Seine Ankläger sollten besser seinem Vorbild folgen. Doch als wahrhaft Weiser wusste der Präsident, dass auch die besten Eigenschaften nur eine Zeit lang nützlich sind. Wenn er in ein zu hohes Amt befördert wird, kann jeder Instinktmensch zum Abenteurer werden. Anstatt zum General, wie es ihm gemäß der Hierarchie zugestanden hätte, wurde Oberst Pierre André Pierre also in den vorgezogenen Ruhestand befördert, was an seinen Gewohnheiten und seinem Einkünften wenig änderte. Er bekam eine Sonderpension vom Innenministerium. Sonst brauchte er nur einen Wunsch zu äußern, er musste nicht einmal bitten. Ein Importeur, Besitzer einer Supermarktkette, lieferte ihm gratis schottischen Whisky und amerikanische Zigaretten. Er lud sich selbst in die besten Restaurants ein. Nur hinter seinem Rücken nannte man ihn »Monsieur Nimm«.

Der Geschäftsmann Robert Montès hatte wechselnde politische Ansichten, vor allem, wenn sie keine Gefahr für seine Sicherheit darstellten. Es kostete ihn nichts, sich dem Standpunkt seines Gesprächspartners anzuschließen. Vertrauen macht schwach, und einem naiven Menschen kann man am besten Vertrauen einflößen, indem man ihm weismacht, man habe dieselben Ideale und Überzeugungen wie er. Allerdings sagte er das nie direkt, er nickte nur und äußerte dann einen Vorbehalt. Was er sagte, war niemals klar. Alle seine Sätze bedeuteten zugleich Ja und Nein. So konnte er, falls man ihm Vorwürfe machte, abstreiten, diese oder jene Partei ergriffen, das eine oder das andere Lager gewählt zu haben, und doch seelenruhig Konkurrenten in Schwierigkeiten bringen, indem er ihre Äußerungen wie aus Versehen im Beisein eines führenden Politikers weitererzählte, der sie wenig zutreffend oder gar gefährlich und regierungsfeindlich fand. Daher betrachteten die Mächtigen ihn als einen ihrer treuesten Verbündeten in der traditionellen Bourgeoisie, während die Mulatten, die am heftigsten gegen die »schwarze Macht« kämpften und ihn für einen sicheren Verbündeten hielten, erstaunt waren, ihn nicht unter ihren Zellengenossen zu finden, als sie von einem Sondergericht zu Zwangsarbeit und Aberkennung der Staatsbürgerschaft verurteilt wurden.

Oberst Pierre André Pierre traf seine Entscheidungen je nach Laune, aus Wut oder Gier. Er war roh und brutal, aber man konnte ihm nicht vorwerfen, aus kaltem Kalkül zu handeln. Die Zukunft entzog sich komplett seinem Auffassungsvermögen. Die Zukunft war jetzt, und seine Devise hieß: Schnapp dir den Spatz, statt auf die Taube zu warten. Strategien, Prognosen, kühle Berechnungen, all diese auf lange Sicht angelegten und nicht garantiert zum Erfolg führenden Intrigen und geistigen Verrenkungen langweilten ihn zu Tode, und an den Tod dachte er nie, nicht einmal an morgen. Ganz lebt man nur in der Gegenwart. Er hatte sich für den Dienst im Feld statt für die Schreibstube entschieden, nicht weil er wie die meisten anderen Kadetten glaubte, die hervorragende Ausführung besonders schwieriger Aufgaben werde ihm rascher eine Beförderung einbringen, sondern weil ihm das Nahkampftraining besser gefiel als Militärgeschichte und Handbücher für Verfahrensregeln. Er hatte durch Improvisation Karriere gemacht und wusste am Abend nicht, worauf er am nächsten Morgen Lust haben würde, ihm genügte das Wissen, dass er, egal welche Lust ihn packte, Mittel und Wege finden würde, sie zu befriedigen. Zwischen seinen Begierden und ihrer Befriedigung lagen lediglich Hinder-

nisse. Da er vom Land kam und ein ausgezeichneter Sport-
ler war, kannte er sich mit Hürden aus. Da gibt's keine halben Sachen. Wenn man Hürden überwinden will, ver-
schiebt man nichts auf morgen, man springt drüber oder
fegt sie hinweg.

Der Geschäftsmann Robert Montès tat nichts aus einer
Laune heraus, nicht aus einer schlechten und schon gar
nicht aus einer guten. Er konnte Jahre auf die Umsetzung
eines Projekts verwenden. Er bereitete die Zukunft vor
und hatte es in dieser Kunst zu solcher Meisterschaft gebracht, dass er auf die Woche, manchmal sogar auf den
Tag genau die Zeit schätzen konnte, die er brauchen würde, um ein Ziel zu erreichen: den Bankrott eines Konkurrenten oder die Gunst einer Ehefrau in sentimentalen und
finanziellen Nöten. Abgesehen von seinem Engelsgesicht
hatte er ein durchschnittliches Äußeres, das keine Angst
einflößte. Sogar sein Körper war eine Lüge, wie eine Ge-
latinehülle ohne feste Form, die sich jeder Umgebung anpasst, und so erschien er seinen künftigen Opfern als Naiv-
ling ohne jede Charakterstärke. Er war ein Mann der
Tradition und hielt so viel darauf, dass er die Lücken in seiner unglaubwürdigen Genealogie mit Erfindungen stopfte.
Er besaß ein »Familienmuseum«, wie er es nannte: ein
Schwert, das angeblich seinem Großvater väterlicherseits
gehört hatte, einem General, der nie in einem Krieg ge-
kämpft und keine besonderen Verdienste hatte, damals
trug jede Standesperson den Titel General; den Klapp-
zylinder seines Großvaters mütterlicherseits, Senator des

Departements Grande-Anse, der die Kapitulation unterzeichnet und die amerikanischen Besatzer mit offenen Armen empfangen hatte, zudem in Kreisen verkehrte, die nur Weißen, Fast-Weißen, Freunden der Weißen und Dienern der Weißen offenstanden. Außerdem hatte er noch andere Trödelstücke, deren Herkunft unüberprüfbar war, aber für die er sich von befreundeten Notaren Echtheitszertifikate hatte ausstellen lassen. Er schwor nur auf Mitglieder seiner Familie. Auf die toten, deren Qualitäten er pries. Und die lebenden: Vater, Mutter, Onkel, Tanten, nahe und entfernte Vettern, bei denen er Schulden aufgenommen hatte, ohne sie je zu bezahlen, und denen er zu Investitionen geraten hatte, die nur ihm Gewinne einbrachten. Seine Eltern und Verwandten mussten sich mit dem mageren Anteil an den Profiten zufriedengeben, den er seinen Mitaktionären erst nach langen Verhandlungen auszahlte. Er war offiziell katholisch. Als Kind war er Pfadfinder und Ministrant gewesen, zwei Erfahrungen, die er oft als Beleg für sein Engagement und seinen Glauben anführte. Wie jede Standesperson, die etwas auf sich hält, machte er es sich zur Pflicht, kein Begräbnis eines Mitglieds seiner Kaste zu versäumen. Doch er blieb immer schon auf dem Kirchenvorplatz stehen und plauderte mit Bekannten, die er dezent an die Fehler des Verstorbenen erinnerte.

Der Geschäftsmann Robert Montès erfreute sich eines
außergewöhnlichen Gedächtnisses. Er vergaß nichts, alles,
was in seinem Beisein geredet wurde, speicherte er in
irgendeinem Fach seines Gehirns. Er wusste nicht nur,
welcher Inhaber irgendeines kleinen Unternehmens seine
Wechsel bei dieser oder jener Bank kaum noch bezahlen
konnte und deshalb bereit war, alles zu liquidieren, oder
welcher Beamte, in ein reichlich junges, aber schlaues und
sehr kostspieliges Ding verliebt, für die ersten Schritte in
die Welt der Korruption reif war; sondern auch, welcher
Halbbruder als unehelicher Sohn seinem ehelichen Halbbruder grollte und jedes Bündnis eingehen würde, um
sich für seine subalterne Stellung innerhalb der Familie zu
rächen. Montès betrachtete Spontaneität als Charakter-
fehler und sammelte Informationen über jeden, der ihm
begegnete, weil sie ihm eines Tages nützlich sein konnten.
Eine Kunst, aus der er schon als Kind seinen Nutzen zog.
In der Klosterschule hatte er sich seine Aufsätze von einem Jungen schreiben lassen, der zwar schüchtern war,
aber schöne Sätze drechseln konnte und sich von dem
Geistlichen, der den Chor leitete, befingern ließ. Als Ju-
gendlicher hatte er der hübschesten seiner Cousinen heimlich ein inzestuöses Verhältnis aufgezwungen, nachdem

sie ihre Gunst – was für ein unverzeihliches Sakrileg! – dem muskulösen und fast leseunkundigen Bauernjungen gewährt hatte, der im Haus seiner Familie als Nachtwächter und Autowäscher diente. Je älter er wurde, desto besser wurde er, und mit zwanzig kannte Robert Montès jede Technik, alle Methoden und die richtigen Dosierungen, die das Vermögen und die Seelenruhe eines fähigen Erpressers ausmachen.

Oberst Pierre André Pierre redete nie über andere. Über sich selbst ebenfalls nicht. Auch *mit* anderen nicht. Höchstens um einen Befehl zu geben oder etwas zu verlangen. Er tauschte niemals und mit niemandem Vertraulichkeiten aus, weder echte noch falsche. Machte keine Scherze. Während seiner Ausbildung an der Militärakademie spielte er mit seinen Jahrgangskameraden Bésique oder Halma und ertrug wortlos alle Demütigungen, mit denen der Verlierer bedacht wurde. Als Sieger ließ er keinerlei Zeichen von Freude erkennen, wenn er das Urteil über den Kameraden verkündete, der Pech gehabt hatte. Wenn er verlor, zahlte er, wenn er gewann, forderte er die Bezahlung. Unverzüglich und emotionslos. Klagen verstand er nicht. Doch manchmal war er in Geberlaune, und dann schaute er nicht aufs Geld. Oberst Pierre André Pierre geizte nur mit Worten. In der Zentrale der politischen Polizei führte er seine Verhöre unbarmherzig und effizient, aber sobald sie zu Ende und die Informationen aufgezeichnet waren, reichte er sie an den Zuständigen weiter und vergaß alles, sogar die Existenz des Häftlings. Manchmal unterbrach er sogar einen Häftling, den die Folter gesprächig gemacht hatte, und sagte, so viel wolle man gar nicht von ihm wissen, nur das Wesentliche. Vom Französischunterricht hatte er nur einen kurzen, vorausschauenden Satz behalten, den Namen des Autors hatte er vergessen, denn der Ursprung des Satzes machte ihn nicht wertvoller: »Meine Devise ist: Zur Sache!« Er hatte nie das Bedürfnis empfunden, die Fehler oder Vorzüge der anderen abzuschätzen. Warum sich mit langen Reden abmühen, da doch alle das Gesetz des Dschungels kennen: Jeder wie er kann. Um sein Überleben zu sichern, muss man nur mehr zu können wagen als die anderen und auf die eigene Kraft vertrauen.

Oberst Pierre André Pierre war schwarz, schwarz wie sein Vater, schwarz wie seine Mutter, schwarz wie alle in seiner Familie vor ihm, auf beiden Seiten seines bescheidenen Bauerngeschlechts. Schwarz wie alle Einwohner des kleinen Orts, in dem er geboren war. Stark und geschickt im Zweikampf, wie er war, hatte er in seiner Jugend hingebungsvoll Grimauds* und Mulatten verprügelt. Aus Prinzip. Zur Abschreckung. Wenn die Karnevalszeit nahte, verstärkte er sein Muskeltraining. Denn im Karneval war es sein größtes Vergnügen, sich, wenn der Umzug vorbeikam, in die tanzende Menge zu stürzen, ein schüchternes Mädchen auszusuchen, das in Begleitung eines Mulatten war, und demonstrativ sein Geschlecht so lange an ihrem Körper zu reiben, bis der Anstandswauwau wütend wurde, den er dann derart züchtigte, dass die Hautfarbe des jungen Mannes aus guter Familie nicht mehr hell, sondern rot war und ihm jede Lust verging, weiterhin Kavalier zu spielen. Tatsächlich konnte alles und jeder ihm als Opfer dienen. Er oder es mussten ihm nur im Weg stehen, wenn er schnell vorbeiwollte. Da seine Opfer je nach Gelegenheit wechselten, konnte man ihm nicht vorwerfen, eine

---

* Grimaud: Bezeichnung für ein Individuum des hellhäutigen afro-karibischen Typs.

Aversion gegen irgendjemand Besonderen zu haben. Seine bevorzugten Opfer indessen waren Mulatten und Esel. Schon als Kind hatte er die Esel in seinem Dorf verrückt gemacht, indem er ihnen brennende Zigarettenstummel in die Ohren steckte. Über diese Manie hatte ihn damals ein Rat, bestehend aus Honoratioren – der Houngan, der Pfarrer, der Sektionschef und der Lehrer –, ausgefragt, ohne eine erhellende Antwort zu bekommen. Warum? Darum. Darum was? Darum. Als Halbwüchsiger freute er sich vor allem, wenn er Urlaub bekam, weil er dann aufs Land zurückkehren und sich mit den Eseln amüsieren konnte. Jetzt musste er nicht mehr die weggeworfenen Zigarettenstummel der Erwachsenen aufheben. Er kaufte sich selbst amerikanische Zigaretten, die langsamer brannten als die einheimischen Marken, sodass er länger seinen Spaß hatte.

Der Geschäftsmann Robert Montès war in der Hauptstadt geboren, in einem Wohnviertel unweit der sogenannten Trois-Bébés-Kreuzung – aber im oberen Teil, und der Unterschied zwischen oben und unten war beträchtlich, die Kreuzung diente als Trennlinie zwischen zwei Gesellschaftsklassen –, in einem Haus, von dessen Wänden innen der Putz blätterte, das jedoch von außen, mit Farbe und Gips aufgemöbelt, noch etwas hermachte und die Legende von im Luxus schwelgenden Aristokraten aufrechterhielt. Seine Mutter ließ keinen Tag vergehen, ohne zumindest einmal einen Satz mit den Worten »Wir Mulatten« begonnen zu haben, dessen Fortsetzung beliebig war. Er hatte sich nie mit bloßen Händen geprügelt, weder für ein Mädchen noch für einen Beutel Murmeln, noch wenn ihm ein genervter Mitschüler die lange Geschichte von Geldheiraten und verdeckter Prostitution ins Gesicht spuckte, dank der seine Familie den Schein wahren und reiche Leute spielen konnte, obwohl sie in Wirklichkeit mehr Silber und Andenken besaß, als etwas zu essen. Physische Gewalt überließ er den anderen, er behielt stets ein Lächeln auf den Lippen. Er hielt sich an zwei wesentliche Lektionen seiner Familie: seinem Mienenspiel zu verbieten, die Gedanken zu verraten, und nie seine Vermögensverhältnisse offenzulegen. Als Halbwüchsiger freute er sich, wenn die echten Reichen, mit denen er nur die Hautfarbe gemein hatte, ihn für ebenso vermögend hielten wie sie, aber es kostete ihn keinerlei Mühe, plötzlich zu verarmen, wenn ein Freund ihn um Hilfe bat. Der Geschäftsmann Robert Montès litt nicht an übersteigerter Eigenliebe. Beleidigungen berührten ihn nicht. Streitbare Menschen lassen sich durch ihren dummen Stolz von ihren Plänen ablenken und in unvorhersehbare und nicht kontrollierbare Situationen treiben, aus denen sie sich nur unter großen Mühen befreien können. Robert Montès vermied jeden sinnlosen Streit und arbeitete stattdessen an seinen Stärken. Sehr früh hatte er seine Berufung zum Makler und Kredithai entdeckt, die ihm schon als Minderjährigem ein Einkommen sicherte. Er hütete sich, seinen Eltern von seinen Erfolgen zu erzählen, dank denen er sein Adressbuch um Bekanntschaften mit Betrügern aller Art bereichern konnte, die, entzückt von seiner Geschicklichkeit, seine Ausbildung perfektionierten, ihn zu ihrem Partner und Kompagnon machten und sich später in den Hintern bissen, denn er schickte viele von ihnen in den vorzeitigen Ruhestand. In seiner Jugend war er auch ein großer Verführer. Er hatte einige Grundbegriffe der Botanik und der Spiritualität auswendig gelernt und konnte bei Bedarf als Ökologe oder Mystiker durchgehen. Die jungen Mädchen erlagen seinen Avancen in der Hoffnung auf eine Ehe, die er nie ausdrücklich versprach, aber stets als Möglichkeit erahnen ließ. Wenn eine Liebesgeschichte dann zu Ende ging, verwahrte er sich gegen den Vorwurf des Heiratsschwindels und Vertrauensmissbrauchs, schließlich könne man ihn nicht für etwas verurteilen, das nie über das Stadium bloßer Hypothesen hinausgegangen sei.

Der Geschäftsmann Robert Montès hatte mit fünfund-
zwanzig ein Mädchen geheiratet, das ein wenig dunkler,
aber viel reicher war als er – weder zu hässlich noch zu
hübsch, weder zu dumm noch zu gebildet, weder zu vor-
nehm noch ohne Manieren, weder zu fromm noch zu mo-
dern, etwas verträumt, aber nicht im Wolkenkuckucks-
heim. Ihre Eltern hatten geglaubt, ein gutes Geschäft
zu machen, als sie der Ehe zustimmten, ohne zu ahnen,
dass ihr Vermögen den Aufstieg ihres Schwiegersohns in
das Großbürgertum finanzieren würde. Während der ganzen Ehe schien seine Gattin die zahlreichen Abenteuer,
Bordellbesuche, die Schäferstündchen in der Junggesellenwohnung seines Freundes, des Obersts, und die nächtlichen Besuche im Dienstmädchenzimmer nicht zu be-
merken oder sich nicht darum zu kümmern. Das Paar
hatte nur ein Kind, weil der Geschäftsmann seine Gattin
überzeugte, dass die Erziehung eines Kindes in diesen
schwierigen Zeiten viel Geld und die ganze Aufmerksamkeit einer Mutter erforderte, umso mehr, als sie das Glück
hatten, einen Jungen zu bekommen, den wir uns, nicht
wahr, Liebling?, beide gewünscht haben, einen Jungen,
der später die Nachfolge in den Familienunternehmen an-
treten würde. Er diskutierte nie mit seiner Gattin. Sie war

eine große Leserin, die nur selten aus ihrer Bücherwelt auftauchte. Aus Naivität oder Desinteresse schluckte sie die Lügen, die er ihr über seinen Zeitvertreib auftischte, mit solcher Leichtigkeit, dass er sich über die Sorgfalt ärgerte, mit der er sie sich ausdachte. Wenn sie ihm, was eher selten vorkam, eine Frage über seine Geschäfte stellte, gab er ihr ausweichend Antwort, mit der sie sich begnügte, ohne zu insistieren, um sich sogleich wieder in ihre Lektüre zu versenken. Der Geschäftsmann Robert Montès war entschieden der Meinung, seine Gattin besitze nicht die Eigenschaften, die sie zu einer guten Partnerin machen würden, zu seinem Sohn hingegen wollte er eine echte Männerfreundschaft aufbauen und ihm einiges von seinem Wissen vermitteln, um ihn gut auf den schwierigen Beruf des Nachfolgers vorzubereiten. Nicht aus Liebe, sondern weil ein so klug geplantes und geduldig umgesetztes Lebenswerk es wert war, zum Gedenken an seinen Schöpfer bewahrt zu werden.

Oberst Pierre André Pierre hatte nie eine Ehe geschlossen. Eine Gattin hätte seine spontanen Anwandlungen gestört. Zweimal hatte er versucht, mit einer Frau zusammenzuleben, aber diese Experimente waren nicht überzeugend verlaufen. Die Frauen hatten geglaubt, Rechte zu besitzen, angefangen, Pläne zu schmieden, und ihn über seine Arbeit ausgefragt. Er hatte heftig reagiert, sie hatten die Spuren am Körper zurückbehalten und er das Gefühl, dass es nicht gerade reizvoll war, jahrelang allabendlich dieselbe Frau zu verprügeln, denn das schuf eine zu enge Bindung, wie bei der Dialektik von Herr und Knecht. Er hielt sich für einen einfachen Mann, der Komplikationen vermied und die Zustimmung seiner Partnerin nicht als notwendige Voraussetzung für den Vollzug des Geschlechtsakts betrachtete. Die Einsamkeit behagte ihm, bis auf die Stunden drängender Bedürfnisse.

Oberst Pierre André Pierre war kein Kunstliebhaber, abgesehen von zwei verrückten Leidenschaften. Er tanzte für sein Leben gern Pachanga und hatte zu Hause bei einem Privatlehrer Unterricht in lateinamerikanischen Tänzen genommen; schon nach der ersten Lektion fühlte er sich bereit für die Öffentlichkeit und begann durch die Tanzsäle zu ziehen, wo er ein Maximum an Damen und jungen Mädchen von ihren Stühlen zog, stundenlang die Tanzfläche besetzte, seine wechselnden Partnerinnen an sich presste und die Waffe am Gürtel behielt. Er war kein schlechter Tänzer, aber die Lust an der Improvisation siegte über seinen Sinn für die praktische Ausführung, er arbeitete mehr mit den Hüften als mit den Füßen, und das Paar schien den Geschlechtsakt zu simulieren, ohne wirklich der Musik zu folgen. Die zweite Leidenschaft war seine Sammlung äußerst gewalttätiger Comics wie *Tex Willer* und *Satanas*, die außer militärischen Handbüchern seine einzige Lektüre waren. Wenn er als Ausbilder an der Akademie tätig war, gab er Kadetten, die in seiner Sammlung fehlende Hefte auftrieben, Extrapunkte.

Pierre André Pierre besaß nicht die Geduld zu lernen, aber er hatte sich abgerackert und alle Aufnahmeprüfungen und Examen der Akademie bestanden, manchmal nur knapp, aber immer, indem er sich nur auf sich selbst verließ und, wenn nötig, die Lücken seiner akademischen Bildung durch sportliche Fähigkeiten ausglich. Robert Montès galt als gebildeter und kultivierter Bürger. Das Diplom einer privaten Handelsschule, die von Söhnen besucht wurde, deren Eltern nicht mehr wussten, was sie mit ihnen machen sollten, brachte ihm Geld ein, aber er las auch die Klappentexte von Büchern aller Art, alte Nummern von *Science et vie* und *Reader's Digest* und konnte in den vornehmen Salons bei jeder Konversation mithalten. Er war geizig mit allem, außer mit schönen Worten, trug noch mit fünfzig Hosen, die schon längst aus der Mode waren, als er volljährig wurde, machte seinen Nächsten so erbärmliche Neujahrsgeschenke, dass sie vor Scham vergingen und sie eilig versteckten, hielt seiner Gattin und seinem Sohn ständig Moralpredigten über die kostspieligen Launen, deren er sie verdächtigte. Robert Montès hasste Verschwendung, und alles, was nicht der Akkumulation diente, war für ihn Verschwendung.

Pierre André Pierre versagte sich nichts. Seine Philosophie war einfach: Er nahm sich ungefragt, was er brauchte, den Körper einer Frau oder den Besitz anderer Leute, und entledigte sich mit der gleichen Unbekümmertheit seiner Eroberungen und seiner Gewinne.

Was hatte zwei so unterschiedliche Menschen einander nahegebracht, zwei Parallelen sich treffen lassen, was hatte eine so starke Freundschaft besiegelt, dass sich die beiden in einem gottverlassenen Küstendorf zwei identische Häuser bauen ließen? Worauf beruhte die emotionale Bindung, die den Geschäftsmann Robert Montès veranlasst hatte, Oberst Pierre André Pierre zum Paten seines einzigen Sohnes zu machen? Warum war Oberst Pierre André Pierre beim Generalstabschef der Landstreitkräfte vorstellig geworden, um den Grenzübertritt der unverzollten Waren des Geschäftsmanns Robert Montès zu erleichtern? Was ließ die beiden abendelang an ihrem angestammten Tisch im »Relais du Champ-de-Mars« trinken, lachen und reden, während der eine nur schottischen Whisky und der andere Bordeauxwein trank? Und was hatte sie dazu gebracht, die Monate Juni, Juli und August zusammen in dem kleinen Ort Anse-à-Fôleur zu verbringen, in ihren identischen Häusern, deren Bau am selben Tag begonnen hatte und sechs Monate später am selben Tag beendet wurde und wo sie ihre Abende mit Trinken, Lachen und Reden verbrachten, während der eine nur schottischen Whisky und der andere Bordeauxwein trank wie an ihrem angestammten Tisch im »Relais du Champ-de-Mars« und die Vertraulichkeit ihres Gesprächs nur vom Kommen und Gehen der Gattin und des einzigen Sohns des Geschäftsmanns gestört wurde?

Der kleine Herr aus der Hauptstadt hatte geduldig Informationen über die beiden illustren Toten zusammengetragen. Er glaubte, das Fundament ihrer Freundschaft gefunden zu haben. Ich zitiere dir wieder seinen Bericht: *Nichts außer der Grausamkeit konnte die Freundschaft erklären, die Oberst Pierre André Pierre und den Geschäftsmann Robert Montès bis in den Tod verband.*

Bist du aufgewacht? Du hast eine Stunde geschlafen. So eine lange Reise durch ein fremdes Land macht müde. Mit einem Führer als einzigem Begleiter, der ohne Punkt und Komma redet. Du lächelst. Das ist ein gutes Zeichen. Dann mach ich meinen Job gar nicht so schlecht. Wenn ich es schaffe, einen Kunden zum Lächeln zu bringen, bin ich zufrieden. Aber du bist eigentlich keine richtige Kundin. Wegen deines Vaters. Die Kunden zum Lächeln bringen ist gar nicht so leicht. Manchmal schaffe ich es, die Witze zu erraten, mit denen man es versuchen kann, oder ich spüre, wie man sich verhalten muss, damit sie sich entspannen, weil sie sich überlegen und sicher fühlen. Aber es gibt welche, die bereits in Rage sind, wenn sie aus dem Flugzeug steigen, und ihr Ärger hält während des ganzen Aufenthalts an. Ihre Turnschuhe, ihre Bermudas und die Blumen auf ihren Hemden sind nur Tarnung, die höchstens sie selbst täuscht. Sie kommen schon mit so einer Fresse an, immer geht alles schief und vor allem bei dieser Reise, vom Heimatflughafen, wo die Anzeigetafeln nicht funktionierten, bis zu dem Taxi hier mit dem zu kleinen Kofferraum, sodass man einen Teil des Gepäcks auf dem Beifahrersitz verstauen muss, den schmutzigen Straßen und den Kindern, die die Hände ausstrecken und sich an die Türen hängen – man nennt sie »Straßenkinder«, als wären die Straßen ihre Mütter. Dazwischen das unfreundliche Bordpersonal im Flugzeug, die vielen Luftlöcher und der grauenvolle Akzent der Stewardess, und nach der Landung dann das totale Chaos und die endlose Wartezeit am Gepäckband. Und überhaupt, was für eine Idee, sagt die Frau, dass du diesen Ort ausgesucht hast, wo niemand mit seiner Familie Urlaub macht, woanders wäre es ganz sicher besser. Und in das skeptische Gesicht der Frau, die als gute Hausfrau an ihr Haus, das sie nicht gern verlassen hat, und an ihr neues Topfset denkt, das sich recht einsam fühlen muss, sagt der Mann: Ich werde jetzt öfters geschäftlich herkommen müssen, also sollten wir das ausnutzen und uns schon mal etwas eingewöhnen. Ich will, dass ihr beide, Junior und du, zumindest eine Ahnung von dem bekommt, was ich mache. Und in das immer noch nicht überzeugte Gesicht der Frau, die jetzt an die Katze denkt, um die sich die Nachbarn kümmern wollen, wie sie versprochen haben, aber man weiß ja nie, vor allem mit dem Junior der Nachbarn, diesem Schlingel (seine Eltern haben ganz offensichtlich versagt, er wird ihnen noch große Sorgen bereiten), anders als ihr Junior, der ein sanfter, sensibler Junge ist, so sensibel, dass er wegen jeder Kleinigkeit heult, in das zweifelnde Gesicht seiner Frau also beschwert sich der in seinem Stolz verletzte Mann: Das ist doch wohl nicht zu viel verlangt! Und die kompromissbereite Frau, mit dem Kopf immer noch woanders, aber bei einem anderen Woanders, das Ehebruch, Gerichtsvollzieher, Scheidung heißt, die jetzt vorsichtig und pragma-

tisch denkt, dass es besser ist, ihn nicht zu ärgern, denn
wenn Männer sich ärgern, schauen sie sich schnell woanders um, und dieses Woanders heißt Geliebte, jung,
hübsch und verfügbar, irgendwie stimmt es schon, je nä-
her ich bei ihm bin und weiß, was er tut, desto sicherer ist
unsere Familie, sie also fügt sich, passt sich an, fühlt mit
ihm: Nein, mein Schatz, das ist nicht zu viel verlangt. Aber
Junior hat seinen Vater nicht geheiratet, hat keine Abma-
chung unterschrieben, die für die Ewigkeit gelten soll. Er
hat keinen Vertrag unterschrieben, der ihn zwingt, kompromissbereit zu sein und sich mit den Geliebten seines
Vaters, den Launen seines Vaters, den Geschäften seines
Vaters, oder mit der Hausarbeit, den Forderungen und
dem Gejammer eines Kindes, dem man ein paar runterhauen würde, wenn es der Nachbarssohn wäre, der Einsamkeit und den Ängsten, wenn Senior auf Reisen ist, der
Ohnmacht und der Kapitulation, wenn Junior ausflippt,
abzufinden. Nein, Junior ist nicht seine Mutter. Er hat
seinen Vater nicht geheiratet und ihm Treue in guten wie
in schlechten Tagen ihres Hausfrauenlebens geschworen.
Auch seine Mutter und die Verantwortung nicht, die Familie zusammenzuhalten, neben einer alternden Frau, die
redet, redet, redet und sich nur für ihre Topfsets und Shop-
pingkanäle und Klatschsender interessiert. Er muss nicht
das große, einende Familienoberhaupt spielen, das sich
woanders umschaut, so weit weg wie möglich, so oft wie
möglich, weil kein Mann, die Nachrichten beweisen es,
nicht mal der Präsident des mächtigsten Landes der Welt,
vierundzwanzig Stunden am Tag dieselbe Rolle durchhal-

ten kann. Junior hat das Alter der Kompromisse noch nicht erreicht, die in den Gesichtern seiner Eltern Falten hinterlassen. Und außerdem ärgert es ihn, dass sie sich so schnell vertragen und ihn darüber vergessen. Junior erträgt es nicht, dass man ihn vergisst. Junior ist in einem Kokon geboren, der *Forget me not* heißt. Und Junior ist informiert. Er weiß, dass alles ihm gehört, sein Vater, seine Mutter und der Rest der Welt. Das war immer so. Warum sollte sich das ändern? Und unserem Junior ist heiß, es ist zu heiß hier. Und Junior, dem heiß ist, zu heiß, und der findet, dass seine Eltern übertreiben und ihm nicht genug Aufmerksamkeit schenken, und der gar nicht wissen will, wie Senior ihren Lebensunterhalt verdient, fragt zum ersten Mal, zum zweiten Mal, zum dritten Mal im Ton des *Forget me not*: Wann sind wir endlich im Hotel? Ich habe Hunger. Mir ist heiß. Ich muss Pipi, auf dem Flugplatz waren die Toiletten nicht sauber. Es ist schmutzig hier. Und die Mutter, ja, es ist schmutzig. Und der Vater, fass bloß nicht alles an. Junior, Senior und Mama Kompromissbereit haben zumindest eines gemeinsam: den Hygienekult. Abgesehen davon lebt jeder in seiner Welt. Das ergibt drei Nervenbündel auf der Rückbank. Und die Straßenkinder, die es satthaben, mit ihrer Mutter, der Straße, zu leben, auf ihr herumzulaufen, hängen sich immer noch an die Türen, die Füße einen Moment in der Luft, und wollen nicht loslassen, lassen nicht los. Und Senior, Junior und Mama haben alle drei den gleichen Gedanken: Wie sie das nur machen, das sind entweder Affen oder Akrobaten! Und Junior findet in ihrer Geschicklichkeit einen weiteren

Grund für seine Wut. Er könnte das nie. Er braucht bloß loszurennen, da sagt Mama schon, du wirst dir wehtun, mein Schatz. Das Auto, das nur langsam vorankommt, unterliegt den Gesetzen des Staus. Und die Straßenkinder, vom Leben auf ihrer Mutter zu kleinen Schlaubergern gemacht, haben Junior im Auto entdeckt. Sie wissen aus Erfahrung, dass Paare mit Kindern manchmal ein schlechtes Gewissen haben, deswegen bekommen sie schneller Mitleid und geben etwas als Frischverheiratete, die noch in dem Alter sind, wo man niemanden liebt außer seinen Partner. Doch Senior gibt nichts, denn geben heißt, die Bettelei unterstützen, verstehst du, mein Sohn, aber er nutzt die Gelegenheit, um Junior zu erklären, du weißt gar nicht, was für ein Glück du hast, in einer intakten Familie zu leben, denn wir lieben uns, deine Mutter und ich, und in einem demokratischen Land, denn bei uns ist der Regierungswechsel institutionalisiert, in einer Welt, die dich beschützt, denn deine Mutter und ich, wir lieben dich, deine Lehrerin liebt dich, deine Tanten und Onkel lieben dich, deine Omas und Opas lieben dich, ach ja, du hast nur noch einen Großvater, der andere ist tot, aber in seinem Grab, Pardon, im Himmel liebt er dich trotzdem, diese Kinder dagegen, schau nur, die haben nichts, die Armen, versetz dich mal in ihre Lage. Aber Junior versteht kein Wort von der Predigt seines Vaters, der wie ein Vertreter redet – er ist übrigens auch Vertreter, mit dem Ziel hergekommen, möglichst viele Programme und Technologien zu verkaufen –, Junior will sich nicht in die Lage der anderen versetzen und versteht nicht, weshalb man plötzlich von ihm verlangt, Dinge zu vollbringen, die man ihm nie beigebracht hat. Sein Vater hat ihm beigebracht, dass man auf sich selbst bauen muss, um konkurrenzfähig zu sein. Seine Lehrerin hat ihm beigebracht, dass man auf sich selbst bauen muss, um konkurrenzfähig zu sein. Die Psychologin hat ihm beigebracht, dass er sich ausdrücken muss, um gehört zu werden. Der Präsident sagt in seinen Reden an die Nation, dass wir eine große Nation sind, die auf sich selbst bauen und eine aggressive Politik machen muss, um konkurrenzfähig zu sein. Im Namen seines Vaters, seiner Mutter, seiner Lehrerin, der Psychologin, des Staatspräsidenten, der Medien will Junior, dass man ihm zuhört und dass er konkurrenzfähig ist. Vorerst tritt er in Konkurrenz zu den Sorgen seiner Eltern, die sich weigern zu hören, dass er Pipi machen, essen und das Hotelschwimmbad sehen muss. Im Namen der Demokratie und der Redefreiheit jedes Individuums jammert und fordert Junior immer weiter. Aber es ist heiß. Und Senior fragt sich, ob es eine gute Idee war, die beiden mitzunehmen. Er hätte allein kommen sollen, tagsüber arbeiten und ein paar Schwachköpfe im Handelsministerium davon überzeugen können, dass sie seine Waren kaufen, und sich abends mit schönen Negerinnen amüsieren. Senior verzeiht sich seine Fehleinschätzung nicht und schnauzt Junior an: Schluss jetzt, du gehst mir auf die Nerven! Man bekommt nicht immer sofort, was man will. Ich habe drei Jahre gewartet, bis ich die Stelle als Verkaufsleiter bekommen habe, obwohl ich sie schon lange verdient hatte. Benimm dich wie ein Mann und sei still. Aber Junior wiederholt die Worte, die die Lehrerin ihm beigebracht hat, falls er Schwierigkeiten mit einem Erwachsenen bekommt, der ihm zu nahe tritt, seine Genitalien berührt oder ihm Schläge androht: Ich bin ein Kind, und Kinder haben Rechte, Kinder sind heilig. Und Senior, dessen Geschäftsabschluss noch nicht unter Dach und Fach ist, der einen klaren Kopf braucht, um sich die Worte zurechtzulegen, mit denen er seine potenziellen Kunden davon überzeugen muss, dass die Technologie, die er verkauft, allen hier nutzen wird, der Regierung, dem Handel, sogar den Straßenkindern, Senior würde Junior am liebsten eine runterhauen und ihm sagen, er soll die Klappe halten. Und Mama Kompromissbereit, die mit angespanntem Po unbehaglich zwischen Senior und Junior auf der Rückbank sitzt, will das Gewitter vermeiden, ruft sich das kleine Handbuch für Frauen zur Schlichtung von Familienkonflikten in Erinnerung, um das passende Rezept für diese Situation zu finden, beherzigt ihre Rolle als Pädagogin, die zu Hause voll und ganz im Dienst der beiden Männer ihres Lebens steht, will es beiden recht machen, lieber Junior, lieber Senior, bitte streitet euch nicht, wendet sich nach rechts und erklärt Junior: Dein Vater versucht dir zu erklären, dass … wendet sich nach links und erinnert Senior daran, dass … Dein Sohn ist ungeduldig wie alle Kinder seines Alters, mit der Zeit … Aber Junior hört nicht zu, meckert, jammert: Ich hab Hunger, ich muss Pipi, wann sind wir endlich im Hotel? Und Senior, der in dem Schlichtungsversuch eine Manipulation sieht, wendet sich an Mama Kompromissbereit, die er letzten Endes gar nicht so kompromissbereit findet: Die alte

Leier, immer wenn er nervt, ist es »dein Sohn«. Ich tu, was ich kann, ich stelle mich der schwierigen Geschäftswelt, deine Aufgabe ist es, einen Mann aus ihm zu machen. Und Junior freut sich, dass Mama Kompromissbereit angeschnauzt wird. Er ist zwar kein Straßenkind, aber trotzdem ein Schlauberger, der die Regel »Teile und herrsche« genau kennt. Er will Mama Kompromissbereit auf seine Seite ziehen und wendet sich jetzt nur noch an sie, mit der gleichen Jammerstimme wie damals, als er sich beim Ballspielen mit dem Junior der Nachbarn den Arm gebrochen hatte: MAMA, Papa will mir nicht sagen, wann wir im Hotel sind, MAMA, ich hab Hunger, MAMA, ich muss Pipi, MAMA, ich … Und Senior: Es ist deine Schuld, wenn er so ist … Und Mama Kompromissbereit, jetzt verzweifelte Mama Ich-kann-nicht-mehr, verliert ihren Glauben an die Klischees elterlicher Kontrolle, an die Rezepte fürs Eheleben und an die Kinderpsychologie, gibt sich geschlagen und beschließt zu schweigen. Und die Luft im Auto wird dick, dicker als das Gepäck, das nicht in den Kofferraum gepasst hat, weil es so viel war. Ich schaue in den Rückspiegel und lächle. Senior darauf: *Could you please look at the road and drive carefully?* Und ich, *Yes, Sir,* schlucke mein Lächeln herunter und fahre *very carefully* und denke mir, dass es Leute gibt, die ein Lächeln im Gesicht anderer nicht ertragen können.

Du lächelst? Über meine Geschichte? Ich habe viel erlebt, seit ich diesen Job mache. Eine Menge Besucher in alle Ecken und Winkel dieses Landes gefahren. Du bist die Einzige, die hier etwas anderes sucht als Macht und Vergnügen. Dein Großvater lächelte ständig, aber es war kein echtes Lächeln. Es war nur Fassade. Darunter versteckte sich etwas, das nicht zum Teilen einlud. Bei seinem Freund, dem Oberst, war es genau das Gegenteil. Er lächelte nie. Er hob nie die Augenbrauen oder die Stimme, zeigte nie die geringste Gefühlsregung. Dabei hat er Dutzende junger Leute verhaftet und Erschießungskommandos befehligt. Wenn in der Hauptstadt über Machtmissbrauch und Folter während der schwarzen Jahre geredet wird, fällt oft sein Name. Im Grund aber ähnelten sie sich: Ein ewig gleiches Lächeln ist ebenso gleichgültig gegen Gefühle wie eine starre Miene. Es gefällt mir, Zuneigung und Einverständnis in ein Lächeln legen zu können. Auch die Straßen gefallen mir, wenn der Tag zu Ende geht und die Fahrt in die Nacht beginnt. In der Dämmerung fährt man auf den Schatten zu, und jede Minute ist wie ein Schritt in ein riesiges Gebiet, das man nie vollständig erkunden kann. Die Nacht ist das weitläufigste aller Territorien. Jeden Morgen verlässt man es, um in einem anderen zu wohnen, das

nicht dieselben Reichtümer enthält. Und jeden Abend bei
Sonnenuntergang kehrt man wieder zurück. Die meisten
Leute nehmen mit einer eingeschränkten Geografie vor-
lieb und sind damit zufrieden, ihr Leben lang in einem
ganz kleinen Teil der Nacht herumzulaufen oder zu schlafen. Aber manche bemühen sich, in Gegenden oder große
Räume zu gelangen, die sie nie zuvor gesehen haben. Wie
Solène. Sie kennt alle Ecken und Winkel des Dorfs, alle
Straßen und Pfade, alle Abkürzungen, die ans Meer führen,
alle Lichtungen und Gebüsche, doch nachts geht sie immer noch auf Entdeckungsreise. Das hat sie schon als
Kind getan. Die Einwohner des Dorfs wussten, dass man
sie nicht stören durfte. Seit dem Tod ihrer Mutter bis zum
Verschwinden deines Großvaters und seines Freundes,
des Obersts, ging sie jeden Abend los. Manchmal kam sie
erst frühmorgens zurück. Am Abend des Brandes ist sie
auch losgezogen. Sie kam lächelnd zurück und erzählte
meinem Onkel und mir, sie sei noch nie so weit gegangen.
Sie sagte meinem Onkel auch, selbst mit vereinten Kräften
würden sie es nie schaffen, das Irreparable zu kitten, das
Vergangene wieder zum Leben zu erwecken. Stattdessen
haben sie angefangen, ein Werk zu schaffen, das die Mühe
lohnte. Zuerst verstand ich nicht, was das bedeuten sollte.
Dann haben sie es mir erklärt, und ich habe das Werk gesehen. In dieser Nacht habe ich begriffen, dass es, da der
liebe Gott nun mal nicht existiert, Menschen gibt, die versuchen, ohne sich für Gott zu halten, nach ihren Möglichkeiten Gutes zu tun, indem sie das wenige durchforsten,
was die Natur ihnen mitgegeben hat, um die Träume der

Menschen zu begleiten. Mein Onkel hat dafür das Wort »Glückshelfer« erfunden. Er sagte zu mir: Das würde dir gut anstehen, da du dein Brot damit verdienst, andere dorthin zu bringen, wohin sie wollen. Ich muss zugeben, dass ich diesem Rat nicht immer folge. Mein Onkel scheint nie etwas zu brauchen. Vor jedem Besuch lasse ich ihn fragen: Was soll ich dir mitbringen? Und die Antwort ist immer dieselbe: Nichts. Trotzdem bringe ich ihm albernes Zeug wie Hüte, Töpfchen mit Erdnussbutter oder Batterien für sein Radio. Dann schimpft er und erinnert mich daran, dass er schon lange keine Erdnussbutter mehr isst, dass er sie noch nie besonders mochte. Meine Mutter hatte die Reflexe der älteren Schwester, schon als sie Kinder waren, hatte sie beschlossen, dass Erdnussbutter die Lieblingsspeise ihres kleinen Bruders sei, weil er eines Abends, als er hungrig war und zu Hause in der Rue des Fronts-Forts nichts anderes zu essen fand, einen halben Topf davon verschlungen hatte. Vom Tod meiner Großeltern bis zu ihrem eigenen Tod, von dem kleinen Haus in der Rue des Fronts-Forts bis zu der Dreizimmerwohnung in der Rue des Miracles, die mein Onkel vom Erlös seiner ersten Bilder gemietet hatte, hat meine Mutter ihn mit Erdnussbutter gefüttert. Und ich bringe sie ihm weiterhin. Er kann noch so oft sagen, dass er sie nicht mehr isst, ich bringe sie ihm mit. Mit den Hüten und Batterien ist es genauso, selbst wenn er mich daran erinnert, dass er nur einen Kopf hat und selten Radio hört, höchstens wenn er abends Lust auf die Musik der Welt hat. Auch jetzt habe ich einen Hut dabei. Ich suche immer sehr schöne aus.

Und er verschenkt sie an die Leute im Dorf. Vielleicht schenkt er dir den, den ich neben deinem Gepäck im Kofferraum verstaut habe. Wie bitte? Ich soll anhalten? Nein, hier gibt es weder Raststätten noch Toiletten an den Landstraßen. Du musst dich mit dem Straßenrand begnügen. Ich geb dir mit dem Auto Deckung. Und ich werde nicht hinschauen, versprochen.

Der Kadett Pierre André Pierre und der Handelsschüler
Robert Montès begegneten sich in einer Regennacht unter einem Torbogen, als das Bordell in der Rue Saint-Honoré schloss. Man sagte *das* Bordell in der Rue Saint-Honoré. Für dieses Gewerbe war das Viertel nicht gerade
ideal. Und man fragte sich, wie sein Besitzer auf die Idee
gekommen war, es in dieser staubigen Straße aufzuma-
chen, die tagsüber von Automechanikern ohne Ausbildung und Ramschläden beherrscht wurde und nachts von
Lahmen, Betrunkenen und großen Mystikern, die dort
Exorzismus und Beschwörungsrituale praktizierten. Das
Bordell in der Rue Saint-Honoré litt unter mangelnder
Wahrnehmbarkeit und zog nur Kunden an, die nirgendwo
anders hingehen konnten. Es war kein luxuriöses Haus
wie jene, die es damals in Carrefour gab, mit jeden Monat
neuen Frauen, Tanzflächen, die eines großen Nachtklubs
würdig waren, Musikboxen voll mit Klassikern und Neu-
heiten, luftigen Zimmern mit sauberen Laken und Venti-
latoren, Aquarellen und retuschierten Fotos von Notre-
Dame du Perpétuel Secours an den Wänden. Es war ein
heruntergekommenes, windschiefes Gebäude, fast eine
Ruine. Auf der Tanzfläche hatten nur drei Paare Platz, und
die Musik, nach der man tanzte, kam von zwei zerkratz-

ten alten Schallplatten. Die Treppe ins obere Stockwerk mündete in einen finstern Flur, der nach Naphthalin roch. Die Zimmer wurden von innen mit rostigen Riegeln verschlossen, als einziger Wandschmuck dienten vergilbte Fotos aus jahrzehntealten Modezeitschriften. Die Sperrholzwände verströmten den Geruch von Moder und menschlichen Ausdünstungen. Die Löcher, die der Zahn der Zeit in diese Wände genagt hatte, vereitelten jede Diskretion. Manchmal liefen Ratten durch die Zimmer, was die Empfindsamen und die Neulinge beim Sex störte. Dann kamen die Frauen in Unterwäsche herunter und beschimpften den Geschäftsführer, sie würden so lange nicht mit ihm schlafen, wie er unfähig war, funktionierende Fallen aufzustellen. Die Fenster gingen auf Schienen hinaus und boten den Kunden Aussicht auf eine Landschaft voller Bettler und Autowracks, die auf den verrosteten Überresten der stillgelegten Bahngleise herumlagen. Die meisten Frauen hatten schon lange das Pensionsalter erreicht, und die Tarife lagen weit unter dem Durchschnitt. Erfahrene Kunden vermieden es, dort vom Regen überrascht zu werden. Beim ersten Regenschauer verwandelte sich der untere Teil der Stadt in einen Sumpf, in dem zu schwere Gegenstände wie Werkzeuge, Holzscheite und Eisenstangen, die die Flut nicht mitreißen konnte, kleine Erhebungen bildeten. Das Wasser reichte einem Mann mittlerer Größe bis zu den Knien, und man musste nicht nur durchs Wasser waten, sondern auch akrobatische Pirouetten drehen, um den Hindernissen auszuweichen.

Im Bordell in der Rue Saint-Honoré hießen die Frauen nicht Muneca, Nina oder Estrellita, sondern Mamasita, Yesterday oder Messaline. Es war ein Niemandsland, in das Verrückte und arme Schlucker kamen, um mit Auslaufmodellen zu schlafen. Diese Damen aus der Vergangenheit, Künstlerinnen am Ende ihrer Laufbahn, ließen sich auf Wünsche und Bedingungen ein, die Stars auf dem Höhepunkt ihrer Karriere nie akzeptieren würden. Der Kadett Pierre André Pierre schätzte die Widerstandsfähigkeit der Bordellarbeiterinnen, die ihn gewähren ließen, ohne Fragen zu stellen, sich seinen Spielen unterwarfen und auf Salsa-Melodien und Musik von den Inseln Pachanga tanzten. Wenn – Ausnahmen bestätigen die Regel – eine zu protestieren wagte, bezahlte sie doppelt und dreifach dafür. Zu den brutalen Schlägen des Kadetten kam noch die Demütigung, dass ihr Chef sie nicht verteidigte, und die Geldbuße, die er für den Skandal von ihr forderte, den sie in seinem Etablissement verursacht hatte. Der Handelsschüler Robert Montès schätzte die Bordellarbeiterinnen weniger. Sie rochen nicht so stark wie die Dienstmädchen, die er mit der Drohung, sie des Diebstahls und der Nachlässigkeit zu bezichtigen, gezwungen hatte, zu seiner Aufklärung beizutragen. Sie waren auch nicht so elegant wie die jungen Mädchen seines Milieus. Aber er war es oft leid, sich immer neue Listen und Versprechungen ausdenken zu müssen, um sich mit einem dieser Mädchen einen Moment zu vergnügen, zudem würde ihm nach seinen Berechnungen bald das Taschengeld ausgehen, wenn er nicht zwischen Bürgerlichen und Prostituierten abwechselte. Der Handelsschüler Robert Montès führte genau Buch über seine Besitztümer und veranschlagte für jede seiner Ausgaben einen Höchstbetrag, den er nie überschritt. Durch seine Besuche im Bordell in der Rue Saint-Honoré konnte er sogar weniger als die veranschlagte Summe ausgeben und dennoch seinen sexuellen Appetit befriedigen.

Als sie sich unter dem Torbogen dieses anrüchigen Bordells an den Bahngleisen begegneten, trank der Kadett Pierre André Pierre noch den einheimischen Rum und den Schnaps der Armen, und der Handelsschüler Robert Montès konnte einen ganzen Abend vor einem einzigen Glas Wein zubringen. Weder der eine noch der andere besaß ein Auto. Der Kadett kehrte zu Fuß in die Militärakademie zurück. Nach seinen Verlustigungen vertrat er sich gern die Beine. Der Handelsschüler Robert Montès, für physische Anstrengungen wenig begabt, aber von sparsamem Naturell, hatte eigentlich geplant, bis zur Trois-Bébés-Kreuzung ein Taxi zu nehmen, keine sehr teure Fahrt, und dann zu Fuß bis zum Haus seiner Eltern weiterzugehen. Nachdem sie sich lange wortlos gemustert hatten, beschlossen sie, sich gegen ihr Missgeschick zu verbünden, und weckten den Geschäftsführer des Bordells, den der Kadett Pierre André Pierre erst einmal ohrfeigte, weil er ihnen nicht sofort geöffnet hatte. Um ihn zu trösten, versprach ihm der Handelsschüler eine Entschädigungszahlung bei ihrem nächsten Besuch. Die Prostituierten erschraken und schlossen sich in ihren Zimmern ein. Aber die jungen Männer waren an diesem Abend fertig mit den Frauen, sie zogen sich vor dem leeren Bartresen aus, hängten ihre nassen Kleider über die Stuhllehnen, setzten sich an einen Tisch, stellten sich einander vor, erkannten sich in ihrer Nacktheit und warteten, bis es Tag wurde. Der Geschäftsführer des Bordells erhielt die von dem Handelsschüler versprochene Zahlung nie. Die beiden jungen Männer setzten nie wieder einen Fuß in das Bordell in der Rue Saint-Honoré. Am nächsten Tag nahmen sie sich einen Tisch im »Relais du Champ-de-Mars« und ließen ihn von da an für jeden Mittwochabend reservieren. Es war eine Art unbefristeter Vertrag. Der Wirt erhielt selten sein Geld. Im Lauf der Zeit hatten der zu einem der mächtigsten Geschäftsleute des Landes gewordene Handelsschüler und der zum Armeeoberst aufgestiegene Kadett unbezifferbare Schulden bei dem Etablissement angehäuft. Ersterer ließ prinzipiell anschreiben und bezahlte nie, Letzterer hatte den Restaurantbesitzer auf Anraten seines Freundes eines Morgens wegen Verschwörung gegen die Staatssicherheit verhaften lassen und ihn nach vierundzwanzig Stunden persönlich freigelassen, wobei er ihm versicherte, wenn er in Schwierigkeiten stecke, könne er immer auf seine Hilfe zählen.

Niemand war Zeuge des Gesprächs, das der Kadett Pierre André Pierre und der Handelsschüler Robert Montès in jener Regennacht in dem anrüchigen Bordell neben den Bahngleisen führten. Weder die Prostituierten, die, von Rheumatismus und Lungenkrankheiten um den Schlaf gebracht, nicht herunterzukommen wagten, um ein Glas frisches Wasser zu trinken. Noch der Geschäftsführer, der das versprochene Geld nie erhielt, da die beiden jungen Männer nie wieder in das dreckige Bordell in der Rue Saint-Honoré kamen, das sie erst im Morgengrauen verließen, weil der Regen die ganze Nacht angehalten hatte. Aber man kann sich vorstellen, dass sie es für nutzlos und wenig Erfolg versprechend hielten, sich etwas vorzumachen, nachdem sie einander gesehen und erkannt hatten, wie sie waren. Zum ersten Mal begegnete Pierre André Pierre im wirklichen Leben einem Antihelden, der genauso unbarmherzig und durchtrieben war wie die Figuren der nicht jugendfreien Comics, die er als Halbwüchsiger bewundert hatte. Und Robert Montès schätzte es, dass dieser Spezialist für abgekürzte Verfahren über eine ungewöhnliche Kraft verfügte und sich nicht mit Werturteilen belastete. Es war nicht nötig, ihm etwas vorzuspielen. Die Abende, die er in Gesellschaft seines neuen Freundes verbrachte, waren für ihn wie Ferien, die einzige Gelegenheit, sich die Maske zu ersparen. In der ersten Zeit setzten die beiden jungen Leute außerhalb der wöchentlichen Treffen ihren gesellschaftlichen Aufstieg fort, ohne ihre Beziehung zu intensivieren. Aber je weiter sie auf ihrem jeweiligen Lebensweg vorankamen und sich mit der Zeit verbesserten, desto stärker wurde ihr Bedürfnis nach wortlosem Verständnis, wie es zwischen einem alten Ehepaar herrscht, das im Lauf der Jahre zu einer Einheit verschmilzt. Als Robert Montès entschied, dass es für ihn an der Zeit sei, sich zu verheiraten, war die erste Person, der er diesen Entschluss mitteilte, Leutnant Pierre André Pierre, der kaum Anstoß daran nahm, dass er nicht zum Trauzeugen ernannt wurde. Der Leutnant nahm in Uniform an der Hochzeit teil, schenkte der Braut eine Sammlung der schönsten Opern der Geschichte und steckte dem Frischvermählten heimlich den Schlüssel seiner Junggesellenwohnung in die Tasche. Fünf Jahre später, als der stellvertretende Aufsichtsratsvorsitzende der Firma Montès et Montès seine Frau schwängerte, um mehr Bewegungsfreiheit zu haben, schockierte er seine Mulatten-Freunde, indem er beschloss, dass Major Pierre das Neugeborene zum Taufbecken tragen sollte. Zehn Jahre später beauftragten Oberst Pierre André Pierre und der Geschäftsmann Robert Montès einen soeben aus dem Ausland zurückgekehrten Architekten mit dem Entwurf von zwei Zwillingshäusern als Ferien- und Alterssitz. Der Architekt bat um Grundstückspläne, um nach den Regeln der Kunst arbeiten zu können. Sie antworteten, er solle ihnen nur das ideale Haus entwerfen. Sie würden später nach dem Platz dafür suchen. Sie brauchten noch ein paar Jahre, um sich für den idealen Ort zu entscheiden. Der Geschäftsmann Robert Montès zog einige Makler zurate, der Oberst nahm die Dienste des Innenministeriums und einiger Gebietskörperschaften in Anspruch. Sie besichtigten mehrere Dörfer mit wilden Stränden, und schließlich fiel ihre Wahl auf Anse-à-Fôleur. Dabei blieb jeder der beiden sich selbst treu, der Oberst begründete seine Entscheidung mit einer spontanen Neigung, der Geschäftsmann wog die Vorteile und Nachteile ab, befragte diesen und jenen über die Geschichte des Ortes und kam zu dem Schluss, dass dies tatsächlich der beste Platz für den Bau ihrer Zwillingshäuser war. Der Geschäftsmann nutzte Schmugglernetze, um Lüster, Türen und Fenster heranschaffen zu lassen. Der Oberst ließ eigenmächtig Sandsteinbrüche wieder öffnen, die nicht mehr ausgebeutet werden durften, und kommandierte Adjutanten zur Requisition bei Eisenwarenhändlern ab. Sie brachten Arbeiter aus der Hauptstadt her. Und eines Morgens sahen die Bewohner von Anse-à-Fôleur den Geschäftsmann mit seiner Familie und einem Dienstmädchen ankommen und den Oberst mit seinen Pensionärsmedaillen und Geräten für seinen Fitnessraum. Der Sektionschef fand an diesem Morgen, dass der Kaffee seiner Liebsten bitter schmeckte. Darüber vergaß er beinahe, sie zu küssen. Er fasste sich ein Herz und klopfte schüchtern an die Tür des Obersts. Er stand stramm, wagte nicht einzutreten und verhedderte sich in den Sätzen, die er im Kopf als Willkommensgruß vorbereitet hatte. Der Oberst begnügte sich mit der Antwort, sie hätten alles, was sie brauchten. Der Geschäftsmann Robert Montès fragte ihn nach den Einwohnern und dem Leben im Dorf und riet anschließend dem Oberst, ein Auge auf Justin zu haben. Ein Gesetzgeber, selbst ein freiwilliger, besonders ein freiwilliger, könnte viele Probleme machen.

In einer Stunde sind wir da. Wenn du willst, fahren wir bei Justin vorbei, bevor ich dich ins Gästezimmer meines Onkels bringe. Justin wohnt am Ortseingang. Man muss nicht unbedingt da vorbei, nicht wie beim Zoll an der Grenze oder an einer Mautstelle. Wir nennen die schattige Ecke, wo er sein Häuschen gebaut hat, der schöne Anfang. Dort kann man die Sterne sehen. Justin hat die Gabe, dafür zu sorgen, dass sich jeder wohlfühlt. Ein Kräutertee, ein Stuhl und die einfachste Willkommensformel: Worüber haben wir noch gleich geredet? Und du kannst dein Selbstgespräch mit ihm fortsetzen, als hättest du unterwegs einen Wanderer getroffen, der ein Stück Weg mit dir gehen will. Einfach so. Für dich. Und dir noch dazu etwas zu trinken anbietet. Ohne dass es dich zu irgendwas verpflichtet. Du kannst antworten: Über nichts, ich habe keine Lust zu reden, und er wird es dir nicht übel nehmen. Du kannst auch über deinen Vater reden. Oder über dein Leben. Deine Lieben. Oder die Worte aus deinem Brief wiederholen: »Ich suche keine Zuflucht. Ich will besser verstehen und erfahren, was der Mann, der mein Vater war, hinter sich gelassen hat oder wovor er geflohen ist. Ich habe ihn so wenig gekannt. Er war sehr anfällig und ist früh von uns gegangen. Ich war damals noch ein Kind.

Von meiner Mutter weiß ich, dass er nie über sein Heimatland gesprochen hat. Nur ein einziges Mal. Da hat er einen Ort erwähnt: Anse-à-Fôleur. Bei meinen Nachforschungen habe ich herausgefunden, dass mein Großvater, Robert Montès, in Anse-à-Fôleur gestorben ist. Ich habe vergeblich versucht, mit seinen Angehörigen Kontakt aufzunehmen. Ich habe nie eine Antwort erhalten. Da habe ich beschlossen, in diesen unbekannten Ort zu kommen. Ich erinnere mich nicht an meinen Vater, und ich möchte diese Leerstellen gern ausfüllen, aber ich weiß nicht, ob Sie mir wirklich helfen können. Vielleicht werde ich Sie nur stören. Ich möchte Ihnen keinen unangenehmen Besuch aufdrängen oder Ihnen mit meinen Fragen zur Last fallen. Die einzige Information, die ich über Anse-à-Fôleur gefunden habe, ist, dass dort der Maler Frantz Jacob lebt, der die Porträtmalerei aufgegeben hat, um sich der Landschaft zu widmen, seit er sich aus der mondänen Welt und den Künstlerkreisen der Hauptstadt zurückgezogen hat. Deshalb schreibe ich Ihnen.« Dein Brief war an meinen Onkel gerichtet. Es stimmt, er ist der einzige Prominente im Dorf. In der Hauptstadt gibt es noch ein paar angebliche Kunstkenner, die sofort alles kaufen, was seine Signatur trägt, und überzeugt sind, ein gutes Geschäft zu machen. Sie glauben, er hätte die Bilder vor langer Zeit gemalt und bis heute versteckt. Und jetzt hätte er beschlossen, sie in Umlauf zu bringen, weil er sein Ende nahen fühlt. Lassen wir ihnen ihre Illusionen, das sichert uns ein Einkommen und eine Spur Berühmtheit. Ohne meinen Onkel würden wir niemals Post bekommen. Das wird ein Auflauf, wenn er stirbt. Bald. Meiner Meinung nach hat er nur noch ein paar Wochen oder Tage. Er ist gewissermaßen unser Sprecher und versorgt uns mit Bildern. Leben wir nicht ohnehin eher in Bildern als in Orten? Geschrieben hast du an ihn, aber dein Gesprächspartner wird das ganze Dorf sein. Wir alle. Ich zähle mich dazu, weil ich irgendwie einer von ihnen bin. Ich komme und gehe, wie ein Verbindungsmann. Ob du bleibst oder nicht, wenn du das Dorf erst einmal betreten hast, bist du dort zu Hause. Du trittst in das Bild, und ihr gehört zusammen, auch wenn du wieder gehst. An den Abenden, wo mir die Inspiration fehlt, um Farbe auf die Dächer meiner Fantasiestädte aufzutragen, gehe ich in der Bar des kleinen Herrn aus der Hauptstadt ein Bier trinken. Er vergisst nie, sich nach dem Leben im Dorf zu erkundigen. Wie geht es seinen Spielkameraden, die jetzt erwachsen sind? Der kleine Linkshänder, der schneller rannte als die anderen, ist ein stämmiger Fischer geworden. Und das Mädchen, das ihm morgens die Suppe brachte? Sie hat drei Kinder, zwei Jungen und ein kleines Mädchen, das ihr wie aus dem Gesicht geschnitten ist. Und dein Onkel? Ich sage ihm nicht, dass mein Onkel bald sterben wird. Oft erfinde ich etwas. Um ihn nicht zu enttäuschen. Inzwischen sind viele gestorben. Andere sind weggegangen. Aber ich bringe ihm lieber nur gute Nachrichten. Was macht das schon, wenn sie falsch sind. Warum soll ich ihm sein Zuhause rauben? Er sagt: Zuhause. Als wäre es sein Geburtsort. Dabei war er nur einmal da, unter den Umständen, die ich dir geschildert habe, und ist nie wiedergekommen. Anscheinend gibt es Orte, die in dir bleiben und dich für immer bewohnen, wenn du einmal den Fuß dorthin gesetzt hast. Und Justin ist der Zugang zum Dorf. Dein Vater ging manchmal zu ihm. Er war der einzige Mensch im Dorf, mit dem er sich angefreundet hatte. Wenn man das Freundschaft nennen kann. Er ging zu Justin, die beiden saßen lange schweigend da und schauten aufs Meer oder in sich selbst oder auf gar nichts. Was weiß ich! Ich weiß nur, dass dein Großvater und der Oberst im Jahr ihres Todes besonders wütend auf Justin waren. Ohne etwas zu sagen, hatte dein Vater alles, was ihm sein Patenonkel seit frühester Kindheit geschenkt hatte, aus der Hauptstadt mitgebracht und ins Meer geworfen. Mehrere Kartons. Eine Holzkiste. Nur Kriegsspielzeug. Kleine Soldaten in den Uniformen aller großen Armeen der Welt. Ein Panzer, der groß genug war, dass sich ein Kind hineinsetzen konnte, mit Steuerknöpfen und einem Maschinengewehr. Ein schönes Kriegsgerät, nur kleiner als die echten. Und ein richtiges Jagdgewehr, ein Geschenk zu seinem fünfzehnten Geburtstag. Der Oberst sagte: Wenn man mit fünfzehn noch kein Mann ist, wird man es nie. Dein Vater hat die Kartons und die Kiste ganz allein geschleppt, das Jagdgewehr hatte er sich über die Schulter gehängt. Er hat alles in Justins Boot gepackt, das echte Gewehr, die echten Patronen und die unzähligen Imitationen, er ist so weit gerudert, wie ein Mann allein rudern kann, und hat alles ins Meer geworfen. Adieu Jagdgewehr, mit dem er unter der Aufsicht seines Patenonkels schießen geübt hatte. Adieu Helme, Patronen und Maschinengewehre. Eine schöne Sammlung. Anders als dein Großvater, der alles zu teuer fand, achtete der Oberst nicht aufs Geld. Einfache Soldaten, hohe Offiziere aller Armeekorps, Sturmgewehre, Miniaturzerstörer und Bomber, Säbel, Granaten, Tarnanzüge. Er hatte alles. Ein großartiges Arsenal, um das Kind an die Kunst des Befehlens zu gewöhnen. Der kleine Soldat wird groß, also fängt man besser zeitig an. Dein Vater, Robert Montès junior, hat seine Entscheidung allein getroffen, ohne mit irgendwem darüber zu sprechen. Dein Großvater und der Oberst suchten einen Komplizen. Sie trauten ihm nicht mal zu, allein zu handeln. Sie sind zum Sektionschef gegangen und haben ihm befohlen, Justin zu verhaften. Der brave Mann stammelte. Er hatte sein Amt in einem Ort übernommen, wo es keine Konflikte gab. Er hatte noch nie irgendjemanden verhaftet. Zwischen seiner Geliebten und ihm gab es eine stillschweigende Übereinkunft: Du sollst deine Nachbarn nicht verhaften. Jede Abweichung von diesem Gebot würde zur Trennung führen. Dabei wusch sie ihm all seine Sachen, bis auf die Uniform. Er wollte sein Leben nicht ändern. Er fühlte sich wohl, mehr noch, er war glücklich mit seiner Geliebten. Vor dem Einschlafen erzählten sie sich Märchen, Rätsel und Aphorismen, wurden so selbst zu den Kindern, die sie nicht hatten. Alles in allem betrachtet, immer noch stammelnd, verlor er lieber seinen Posten als seine Geliebte. Warum auch sollte er die Verhaftung eines Mannes vornehmen, der nie auch nur eine Eidechse getötet und in seinem Leben nichts anderes getan hatte, als Gesetze zu schreiben, die er niemandem aufzwang, jeden als Freund zu empfangen und seinen Beruf als Fischer auszuüben? Und wo sollte man

ihn überhaupt einsperren, in einem Ort ohne Kerker und
Gefängniszelle? Und wie sollte er das Dorf daran hindern,
Justin Brot, Schokolade, Fisch, Lachen und Maiskuchen
zu bringen? Ohne die Stimme zu heben, verkündete der
Oberst dem Sektionschef, er werde seine Stelle verlieren,
weil ein Mann, der nichts von der Ausübung der Macht
verstehe und dem obendrein jeder Initiativgeist fehle,
nicht verdiene, ein Amt auszuüben, das Tatkraft und Ent-
schlossenheit verlange. Einstweilen solle er sie mit einer
Schaufel und einem Sack Zement zu Justin begleiten. Sand,
Wasser und eine Blechschüssel würden sie dort finden, um
zu tun, was sie tun müssten. Von der Waffe des Obersts
bedroht, folgte der Sektionschef ihnen mit den Dingen, die
sie verlangt hatten. Als sie bei Justin ankamen, packte der
Oberst den Verdächtigen beim Kragen, schleuderte ihn zu
Boden und stellte ihm den Fuß auf den Hals, dann ver-
langte er vom Sektionschef, eine Blechschüssel zu holen.
Der Oberst zerrte Justin hoch und sie gingen alle drei hinaus zum Boot. Sie stellten die Schüssel mitten ins Boot,
und der Oberst zwang Justin, sich in die Schüssel zu stellen. Dann befahl er dem Sektionschef, Wasser, Sand und
den Zement hineinzuschütten, den er mitgebracht hatte,
und mit der Schaufel alles gut umzurühren. Justin stand bis
zu den Knöcheln in dem Gemisch. Die anderen setzten
sich in das Boot und warteten, bis der Beton trocken war.
Dein Großvater nutzte die Wartezeit, um einen Schuld-
schein über eine Pauschalsumme aufzusetzen, die dem
von ihm geschätzten Wert der verlorenen Dinge und dem
moralischen Schaden entsprach, den die Familie Montès

erlitten habe. Justin unterschrieb. Dann legte ihm der
Oberst das Tau um den Hals, mit dem das Boot sonst an
einen Stein gebunden wurde, und befahl dem Sektionschef
zu rudern. Sie fuhren so weit hinaus, bis ein Mann nicht
mehr stehen konnte, und noch weiter, über die üblichen
Grenzen der Fischer hinaus. Sie hielten das Boot an, und
der Oberst sagte zu Justin, er werde ihn mit seinen in Beton gegossenen Füßen ins Wasser werfen, wenn er ihm
nicht die Gründe offenbare, die ihn dazu getrieben hätten,
seinem Patensohn zu raten, alle Geschenke des Obersts
wegzuwerfen. Dein Großvater fügte hinzu, der schlechte
Einfluss auf seinen Sohn gehe ja noch, das könne man
durch eine beträchtliche Geldsumme wettmachen, aber
der Oberst würde ihn auf jeden Fall mit seinen in Beton
gegossenen Füßen ins Wasser werfen, wenn er ihnen
nicht verrate, wo der Krug sei. Welcher Krug? Der Krug,
den Freibeuter vor mehr als zweihundert Jahren irgendwo in diesem gottverdammten Dorf vergraben hätten!
Du spielst doch den Gelehrten, obwohl du nichts gelernt
hast, was glaubst du, warum man diesem verfluchten Nest
den Namen Anse-à-Fôleur verpasst hat? Weil die Freibeuter hier ihre Beute versteckt haben, darunter diesen Krug,
dessen Existenz durch zahlreiche Chronisten verbürgt ist.
Der Sektionschef wollte Justin zu Hilfe kommen und versicherte, es gebe keinen Krug, und wenn es einen gebe,
wisse niemand im Dorf, wo er versteckt sei, weil sie vom
Fischen lebten: Sie fingen Fisch, aßen Fisch, verkauften
Fisch, um sich das wenige zu kaufen, das sie brauchten,
und hatten keine Ahnung von Geldkrügen, von der Ko-

lonialgeschichte, von Karten oder Ausgrabungen. Der Oberst verpasste dem Sektionschef eine Ohrfeige und warnte ihn, wenn er den Verdächtigen verteidige, werde er selbst als Aufrührer und Gefahr für die Staatssicherheit betrachtet. Der Sektionschef schluckte seine Spucke runter und half dem Oberst widerwillig, die Schüssel hochzuheben, in der der Philosoph und Gesetzgeber seine in Beton gegossenen Füße nicht mehr bewegen konnte, um das Ganze ins Meer zu werfen. In diesem Moment sahen sie das ganze Dorf, Männer und Frauen, Erwachsene und Kinder, alle bis auf diejenigen, die eine Behinderung am Laufen hinderte, am Strand stehen. Jeder hielt eine Kerze und alle sangen ein Lied, von dem die Männer im Boot nur Fetzen verstanden. Sie sangen: Wer einen Hund schlägt, muss damit rechnen, dass dessen Herr ihn richtet; zwar bringt der Turbankürbis nie einen Flaschenkürbis hervor, aber man darf niemals nie sagen, es kann sein, dass am Fuß des vertrockneten Baums eine Quelle entspringt; und schließlich, einer, dem man nie die Chance gelassen hat, einen eigenen Baum zu besitzen, wird umherirren und verkommen, aber trotz allem unterirdische Pflanzen säen. Der Oberst schlug Justin und verkündete, als Eingeweihter verstehe er den Sinn dieser Worte, aber er wolle die Interpretation des Verdächtigen hören. Justin antwortete, die Worte seien tatsächlich sehr klar und es bräuchte keine Initiation, um sie zu verstehen. Der Hund? Niemand und wir alle. Der Kleine – das war dein Vater – hat die Augen eines verlassenen Hundes, und sein Herr ist die Freiheit. Zum Glück sorgt das Leben manchmal dafür, dass die

123

Leute ihre trostlose Ähnlichkeit nicht vererben. Und der Mann ohne Land legt manchmal den Samen künftiger Ländereien für denjenigen, der den Traum in sich hegt, sie zu bewohnen. Der Oberst schlug ihn noch einmal, und der Sektionschef ruderte das Boot zurück. Der Oberst und dein Großvater gingen nach Hause und ließen Justin mit blutendem Mund und in Beton gegossenen Füßen in der Schüssel zurück. Der Sektionschef verzog sich schuldbewusst und mit gesenktem Kopf. Seine Geliebte nahm ihn in die Arme, um ihn mit sich selbst zu versöhnen, und sagte, um ihn noch lange lieben zu können, bitte sie ihn nicht, tapfer zu sein, eine Eigenschaft, die ihm fehlte, sondern lediglich ein guter Kerl. Die Kinder holten Justin mit vereinten Kräften aus seinem Boot. Sie zerschlugen den Beton mit Hämmern. Später kamen die Erwachsenen mit Balsam und Tees, um wieder Blut und Bewegung in Justins Füße zu bringen. In der Woche darauf hielt das Militärfahrzeug, das eine Frau zum Grundstück des Obersts brachte, vor dem Häuschen des Sektionschefs. Ein Soldat stieg aus und gab ihm einen Umschlag. Darin war sein Entlassungsschreiben. Er werde seinen Posten behalten, bis ein Nachfolger bestimmt sei, könne sich also als Sektionschef auf Abruf betrachten. Bis dahin werde er jedem Befehl und jeder Anweisung des pensionierten Obersts Pierre André Pierre Folge leisten. Er müsse jede verdächtige Handlung der Dorfbewohner melden und vor allem ein Auge auf einen gewissen Justin haben, höchstwahrscheinlich ein Agitator, den eine Organisation vaterlandsloser Gesellen gesandt habe, um die Jugend zu verderben.

Als der Ermittler über diesen Zwischenfall informiert wurde, verdächtigte er zunächst den Sektionschef. Der stammelte nicht mehr. Er hatte sein Entlassungsschreiben bekommen, aber die Beziehung zu seiner Geliebten gerettet und jetzt mehr Zeit für ihren Wettstreit mit Märchen, Aphorismen und Rätseln. Wer zuerst aufwachte, dachte sich morgens ein Rätsel aus, das der andere bis zum Abend lösen musste. Wenn er die Lösung nicht gefunden hatte, musste der Verlierer dem Gewinner eine Geschichte erzählen. Als der Sektionschef vom kleinen Herrn aus der Hauptstadt einem scharfen Verhör unterzogen wurde, hatte die Geliebte ihm morgens folgendes Rätsel aufgegeben: »Kleiner Sarg unter roter Erde«. Nachdem er alle Fragen des Herrn aus der Hauptstadt beantwortet hatte, so gut er konnte, sagte der alte Beamte ohne Scheu, er suche die Antwort auf eine weit wesentlichere Frage: »Sie haben mir viel Zeit geraubt, und ich bin nicht dazu gekommen, mir ein Märchen für heute Abend auszudenken. Was könnte das sein, ein kleiner Sarg, der unter roter Erde versteckt ist?« Der Ermittler mochte Rätsel, und auch wenn ihm seine Logik bei der Suche nach einem Mörder nicht half, war sie auf anderen Gebieten höchst effizient. »Das muss der Pistazienbaum sein. Besser gesagt die Pistazie. Ja, das muss es sein.« Der Sektionschef schloss daraus, dass die Leute aus der Hauptstadt eigentlich gar nicht so dumm waren, und der kleine Herr aus der Hauptstadt strich den alten Beamten von der Liste der Verdächtigen. Er hatte nichts verloren, als er sein Amt gegen diese Spiele eintauschte. Wenn der Minister keinen Fremden kommen ließ, würde man ohnehin lange brauchen, um Ersatz zu finden, denn niemand im Dorf hatte sich freiwillig als Nachfolger gemeldet. Justin hatte sogar ein neues Gesetz verfasst, das die Abschaffung des Wortes »Chef« empfahl, außer in der Liebe und in Gefühlsdingen allgemein, um dem anderen klarzumachen: Ich liebe dich mehr als mich selbst. Weil er keinen Schuldigen fand, konzentrierte sich der kleine Herr aus der Hauptstadt auf Justin. Demütigungen, partiell ausgeführte Todesdrohungen, das sind Motive, die normalerweise schnurstracks zur Rache führen. Zur selben Stunde, da der Sektionschef das Rätsel seiner Geliebten gelöst hatte und beruhigt einschlief, begab sich der Ermittler zu Justin. Justins Füße gehorchten ihm nicht mehr und in seinem Gesicht waren die Spuren der Schläge noch zu sehen. Aber er hatte sein liebenswürdiges Lächeln bewahrt. Ihr Gespräch dauerte lange. Ehe der Ermittler aufbrach, zog er sein Heft aus der Hosentasche und strich Justins Namen von der Liste. An einem einzigen Tag hatte er zwei Tatverdächtige verloren. Als anständiger Beamter und Diener der öffentlichen Ordnung musste er einräumen, dass ein Mann, der nicht in der Gegenwart lebt, weil er entweder zu dumm oder zu intelligent ist, nichts von Rache versteht. Das stimmt, unser Justin hat schon lange beschlossen, dass die Gegenwart so ist, wie sie ist, also eigentlich unwichtig. Er schaut immer ins Morgen. Er verbirgt seinen Schmerz und ist immer bereit zur Freude. Eigentlich hat er nur eine einzige.

»Worüber haben wir noch gleich geredet?«

Wenn er dir diese Frage stellt, um dich willkommen zu heißen, die Füße wegen der Durchblutungsprobleme unter einer warmen Wolldecke, und wenn du ihm antwortest: Über die Zukunft, ist er der glücklichste Mensch der Welt.

Wie sagt man? Das ist die Zielgerade. Es ist zwar keine Gerade, aber wir sind bald da. Willst du Musik hören? Was gefällt dir? Mir gefällt alles. Aber ich höre selten die Musik, die mir gefällt. Die Kunden verlangen etwas Exotisches. »Etwas Heißes.« Dann bringe ich sie in Tanzbars oder Klubs, und sobald sie den Ort betreten haben, fangen sie an, ihren Körper zu schütteln. Das ist ein Gratisspektakel. Wenn sie sich winden, hüpfen, springen. Die Körper zerfallen und setzen sich wieder zusammen, wie in dieser Horrorserie, wo die Helden Mörderpuppen sind. Denen kann man die Knochen brechen und die Glieder abreißen, ausrenken, in alle Richtungen verdrehen, und alles kehrt doch immer wieder in die ursprüngliche Position zurück. Wenn meine Kunden tanzen, sind sie Mörderpuppen. Sie schlagen ihre Nachbarn auf der Tanzfläche, ohne es zu merken. Man »drückt sich aus«, und darauf kommt es an. Unwichtig, dass ihre Bewegungen so weit entfernt von der Musik sind wie der Nordpol vom Südpol. Gut, sie wollen Musik und die »Location«, wo's »abgeht«, also bringe ich sie hin … Wie sagte Manigat, der alte Friseur in der Rue Montalais, der Arbeiter tut … Von Manigat habe ich dir schon erzählt. Ich glaube, ich habe dir alles über mich erzählt, oder fast. Allerdings nicht, weil es besonders viel zu sagen gäbe. Auch nicht, weil ich mich so gern jemandem anvertraue. Die Kunden kommen bestimmt nicht, um meine Offenbarungen zu hören. Im Gegenteil, sie breiten sich manchmal selbst aus und benutzen mich als Beichtvater. Neben den Griesgrämigen, die auf der Fahrt zum Strandhotel über alles schimpfen und jammern, als würde ich sie zwangsweise zur Klagemauer bringen, gibt es das andere Extrem, die Lustigen, die für den Spaß bezahlt haben und nie ihr Lächeln verlieren. Wenn man ihnen zuhört, haben sie in jeder Sekunde ihres Aufenthalts nur Glückliches erlebt. Alles finden sie schön. Die banalste kleine Felsenbucht versetzt sie in den siebten Himmel. Sie haben bezahlt, also ist alles gut. Wenn sie die Nachrichten hören, halten sie die Bandenchefs für gute Wilde. In den Elendsvierteln sehen sie eine Form von Ästhetik, kurzum, sie haben hier ein Paradies am Meer gefunden. Sie sind wie jene Menschen, die im Restaurant alles bis auf den letzten Bissen aufessen, ob es schmeckt oder nicht. Das ist für sie eine Frage der Ehre oder eine Art Pragmatismus: Sie konsumieren, bis sie ihre Ausgaben wieder reingeholt haben. Ich habe mal eine Woche lang einem Restaurantbesitzer als Führer gedient. Wir hatten uns auf eine bestimmte Summe für meine Dienste geeinigt. Sieben Tage lang hat er versucht, mich runterzuhandeln. Er hat mir erzählt, was für ein harter Geschäftsmann er ist, dass er aus Prinzip alles runterhandelt. Und wie er trickst: von der Kunst, Reste wiederzuverwerten, Schwarzarbeiter zu beschäftigen, Zutaten von schlechter Qualität en gros einzukaufen bis hin zu den Methoden, den Fiskus übers Ohr zu hauen. Geizig bis zum Gehtnichtmehr. Nur wenn er in die Ferien fährt, plant er einen großzügigen Betrag ein. Und gibt ihn auch aus. Aber meine Leistungen wollte er runterhandeln. Für ihn war jeder Angestellte zu gut bezahlt, doch gleichzeitig warf er das Geld zum Fenster meines Autos und seines Hotelzimmers raus. Ich konnte meine Verwunderung nicht verbergen. Er hat mir erklärt, dass es nicht wehtut, Geld auszugeben, das man dafür vorgesehen hat. Am Ende hatte er noch eine Menge Bargeld übrig. Um es loszuwerden, hat er körbeweise Obst gekauft, das wir am Straßenrand haben stehen lassen. Er musste nur die vorgesehene Summe ausgeben, um schöne Ferien zu verbringen. Dann ist er zufrieden abgereist, um weiter seine Angestellten auszubeuten und seinen Kunden Scheiße aufzutischen.

Ehrlich gesagt, sind mir die heiteren Gäste lieber als die, die vor Angst stinken. Wahrscheinlich haben sie alle Kataloge des Schreckens studiert, einen Haufen Statistiken und ungewöhnliche Geschichten angesammelt, ihren Arzt konsultiert und eine Liste von Tropenkrankheiten mit der Beschreibung der ersten Symptome zusammengestellt, bevor sie auf der »verfluchten Insel« landen. Sie kommen mit einer ganzen Batterie von Medikamenten und schmieren sich mit tausenderlei Salben ein. Wenn wir durch die Elendsviertel fahren, packt sie die Panik. Man könnte meinen, sie hätten ein unbewohntes, jungfräuliches Land erwartet, das sich bereitwillig vor ihnen ausbreitet. Wenn sie aus dem Auto steigen, um in ihr Hotelzimmer oder in einen Laden zu gehen, nehmen sie die eine Hand nach vorn und die andere nach hinten. Die eine legen sie schützend über ihr Geschlechtsteil oder signalisieren mit der offenen Handfläche: Bleibt mir vom Leib. Die andere pressen sie auf die Gesäßtasche mit ihrem Portemonnaie, oder sie überprüfen ständig, ob nicht ein böser Geist sie mit unsichtbarer Hand um ein paar Banknoten erleichtert hat. Falls ein Unbekannter sie anspricht, haben sie eine Standardantwort parat. Diese Leute verplempern ihre Zeit nicht damit, ein paar Wörter der hiesigen Sprache zu lernen. Sie antworten auf alles *No*. Das ist viel einfacher. Guten Tag. *No*. Kann ich Ihnen helfen? *No*. Ihnen ist etwas runtergefallen. *No*. Bettler erkennen sie von Weitem und meiden sie. Profis, die schon Erfahrung haben, warnen die Anfänger: Das da ist ein No-No, lohnt sich nicht. Man fragt sich, warum diese Ängstlichen sich überhaupt die Mühe machen, zu verreisen, wenn sie doch erwarten, überall, wo sie hinkommen, das Gleiche vorzufinden wie bei sich zu Hause. Das gleiche Essen. Die gleichen Farben. Sie wundern und ärgern sich, dass man hier kein Schweinefleisch isst, dass die Leute nicht die gleichen Vornamen haben, dass die Neonröhren nicht so stark leuchten wie zu Hause. Sie hassen Zweifel und wünschten, die Welt wäre eine getreue Kopie ihres eigenen Universums. Deinen Vater hätte man leicht für einen No-No halten können. Er mied die anderen und hüllte sich in Schweigen. Doch eines Tages sprengte er seine Fesseln und machte sich auf die Suche nach etwas anderem. Dein Vater hatte alles. Ein Haus in einem schönen Viertel, auf einem Hügel hoch über der Hauptstadt. Einen Chauffeur. Ein Zimmer, das groß genug war, um den ganzen Berg von albernem, mörderischem Spielzeug aufzunehmen, das ihm sein Patenonkel schenkte. Tonnen von Cornflakes und Vitaminen. Einen Kinderarzt. Einen Zahnarzt. Alles, was für ein ausgeglichenes Wachstum nötig ist. Zwei beneidenswerte und beneidete große Familien. Mütterlicherseits mit vielen Geburtstagen, heute eine Tante, morgen ein Cousin, übermorgen der Cousin eines Cousins. Väterlicherseits Zuneigung und Taschengeld zum Ausgleich für die Kälte und

Knausrigkeit des Vaters. Eine gemachte Zukunft. Aktien hier und im Ausland. Bewegliche und unbewegliche Güter, die er erben würde. Bewegliche und unbewegliche Güter, die ihm zur Sicherheit schon überschrieben waren. Eine liebende Mutter und einen Vater mit beängstigenden Talenten. Die besten Lehrer der besten Schule. Einen Zweitwohnsitz in Anse-à-Fôleur. Sein Bett war gemacht, doch im Grunde gehörte er nirgendwohin. Er hatte den selbstverständlichen Umgang der Reichen mit dem eigenen Komfort nicht gelernt. Er hat nichts mitgenommen, als er fortgegangen ist. Vielleicht ein bisschen von Anse-à-Fôleur. Ich sage das wegen deines Vornamens. In den Villen oberhalb der Trois-Bébés-Kreuzung gibt's keine Anaïse. Anaïse, das klingt nach Landleben, Volkstänzen, vergessenen Dörfern und ländlichen Zärtlichkeiten. Es war der Vorname von Solènes Mutter. Ich habe sie nicht gekannt. Sie soll noch schöner gewesen sein als Solène. Wilder. Mehr bei sich. Willst du hören, wie sie gestorben ist? Zur Feier der Inbesitznahme ihrer schönen Zwillinge hatten dein Großvater und sein Freund, der Oberst, zu einer Jagdpartie geladen. Offiziell sollten Wildenten und Ringeltauben gejagt werden. Als Führer hatten sie Fischer aus dem Dorf angeheuert. Eine Jagdpartie, von wegen! Sie interessierten sich nicht für Ringeltauben und Wildenten. Dein Großvater hatte Wind von der Legende bekommen, dass vor langer Zeit Freibeuter in dieser Gegend einen Krug mit Münzen versteckt hätten. Den suchten sie. Sie hatten Firmenmitarbeiter und Kadetten von der Militärakademie herbestellt, die so wenig Jäger waren wie du und ich. Um den Schein zu wahren, gaben sie von Zeit zu Zeit einen Schuss ab. Die Mitarbeiter und die Kadetten gruben, schossen, schossen und gruben. Dein Vater war noch ziemlich klein, aber sie hatten ihn mitgenommen. Sein Patenonkel wollte ihm zeigen, wie man einen Karabiner bedient. Ich weiß nicht, was er gesehen, was er getan und wer geschossen hat. Darüber hat er nie mit irgendjemand gesprochen. Anaïse ist von einer Kugel getroffen worden. Sie war wie oft im Wald spazieren gegangen und träumte wahrscheinlich vor sich hin. Als sie nicht zurückkam, machten sich die Leute im Dorf auf die Suche. Sie fanden eine Leiche, einen verstümmelten Körper, ein halbes Gesicht. Sie begriffen, dass Anaïse von einem Jäger angeschossen worden war. Vielleicht hatte der Trupp nicht bemerkt, dass sie einen Menschen getroffen hatten. Vielleicht hatten sie auch beschlossen, sie einfach liegen zu lassen. Dein Großvater und sein Freund, der Oberst, haben nie wieder eine Jagdpartie veranstaltet. Sie haben nie wieder von dem Krug gesprochen bis zu dem Tag, als sie Justin ertränken wollten, nachdem sie seine Füße in Beton gegossen hatten. Aber dein Großvater gab nie auf. In all den Jahren muss er von diesem Krug besessen gewesen sein. Das war sicher sein einziger Misserfolg. Ein doppelter Misserfolg: der nie gefundene Krug und dein Vater, der, obwohl er nie etwas sagte, gar kein No-No war. Dein Vater war ungefähr so alt wie Solène. Er redete nicht, Solène redete mit allen. Er hatte traurige Augen und hielt den Kopf gesenkt. Sie lachte die ganze Zeit und senkte die Augen nie. Er lehnte sein Erbe ab. Sie trat die Nachfolge ihrer Mutter an und begann ebenfalls durch den Wald zu laufen. Laufen war ihre Art zu trauern. Keiner weiß, wann und wie das zwischen den beiden angefangen hat. Wann hatten sie ihren Pakt geschlossen? Verstanden sie sich stillschweigend und brauchten die Sprache der Worte nicht? War es eine Erkenntnis, zu der beide gemeinsam gekommen waren, als sie sich umschlangen? Jedenfalls hat dein Vater in jenem Jahr seine Waffen ins Meer geworfen, und in der Nacht des Brandes ist er Solène in den Wald gefolgt, bis zu der Stelle, wo der Leichnam ihrer Mutter gefunden worden war. Dort haben sie sich geliebt. Das war Solènes Rache. Wirf deine Waffen weg, dann lieben wir uns. Legalisten und Verkäufer alter Moralvorstellungen werden vielleicht sagen, das sei Erpressung! Zum Teufel mit den Moralisten. In dieser Nacht haben sie sich geliebt. Und diese Liebesnacht hat deinen Vater für immer seiner Welt der echten und falschen Jäger, der echten und falschen Bürger, der Alt- und Neureichen entfremdet, einer Welt voller Lügen und Feiglinge, Eliteschützen und Dilettanten, gelehrter Hunde und falscher Lehren, Heiratsschwindel und Geldheiraten. Dein Vater machte sich auf, um eine andere Welt zu sehen, er kehrte all dem den Rücken, im wörtlichen wie im übertragenen Sinn. Alles, was er mitgenommen hat, war der Vorname, den er dir gegeben hat. Und der bewirkt, dass du zu uns gehörst, woher du auch kommst, woher du auch stammst. Was den Tod deines Großvaters und seines Freundes, des Obersts, betrifft, falls du noch daran denkst: Hätte dein Vater sie töten wollen, hätte er sein Jagdgewehr nicht ins Meer geworfen. Sein Patenonkel hatte ihm die Kunst des Schießens beigebracht. Das steht alles im Bericht des kleinen Herrn aus der Hauptstadt, bis auf die Liebesnacht, für die es keine Zeugen gab. Die kann man sich nur vorstellen. Am nächsten Tag hatte dein Vater gelernt, Guten Tag zu sagen, mit den Fischern über den Fang zu sprechen und sich in der Kunst der Wanderschaft und der Begegnung zu üben.

Wir sind fast da. Links ist das Dorf, rechts die Statue der großen heiligen Anna. Die Pilger kommen hierher, um sie um Hilfe zu bitten. Bei uns ist es Brauch, Jungfrauen, Madonnen, Heilige, die großen und die kleinen Götter, die Kobolde und die Seraphim um Hilfe anzuflehen. Die heilige Anna ist die Lieblingsheilige der Pilger. Sie betrachten sie als Verwandte. Groß nennen sie sie wegen »Großmutter«, als wäre sie die Urahnin aller Elenden, die gütige Schirmherrin der Armen. Aber so lange, wie das schon dauert, wüsste man's doch, wenn die Pilgerfahrten und all die Bitten um Hilfe etwas nützen würden, und die Reichen hätten sich ihrer schon längst bemächtigt. Dein Großvater hätte sein Geschäft zu Füßen der Statue angesiedelt. Als guter Verkäufer von Verheißungen machte er etwas Ähnliches, er organisierte Reisen für Leute, die nach der heiligen Stadt oder dem Jungbrunnen suchten. Wenn jemand genug Geld hat, um das zu bezahlen, bin ich der Letzte, der sich darüber beklagt. Außerdem reisen diese Leute im Flugzeug oder in klimatisierten Bussen ins Ausland, um nach Wundern zu suchen. Wer hingegen zu der Alten pilgert, fährt in klapprigen Lastwagen voller Ziegen und Hühner durch Wasserläufe und Staubwolken. Wenn er zu Füßen der Statue ankommt, sieht er so elend aus, dass man unwillkürlich denkt, wenn sie ihm nicht hilft, hat sie überhaupt keine Macht. Hier lassen die Reichen den Armen gar nichts. Nichts, was irgendeinen Wert hat, meine ich. Auch keine schönen Statuen, damit sie ihr Elend beweinen können. Nur verdreckte, lädierte Jungfrauen, die Farbe und Pinsel bräuchten, um wieder zu einer Schönheit zu werden, und einen guten Maurer, der sie wieder auf ihren Sockel stellt. Jeder hat eben die Großmutter, die er verdient. Die heilige Anna ist die Großmutter der Armen. Weil es nichts Besseres gibt oder aus dem Bedürfnis nach etwas, das ihnen gleicht, weil sie so müde aussieht, haben die Leute angefangen, sie zu lieben und andere Tugenden an ihr zu entdecken als die, sie in ihren Illusionen zu wiegen. Auch meinem Onkel hatte man geraten, sie zu besuchen. Vielleicht würden ein paar Opfergaben genügen, ihm das Augenlicht wiederzugeben. Er glaubte nicht daran. Er hatte sein Augenlicht verloren und kam auch so gut zurecht. Ohne ihm etwas zu sagen, bin stattdessen ich hingegangen. Ein bisschen um zu sehen, wie das funktioniert. Ich habe mir etwas gewünscht, ohne recht daran zu glauben. Wahrscheinlich habe ich nicht genug Überzeugung in meine Bitten gelegt. Mein Onkel ist genauso blind wie zuvor und steht mit einem Fuß im Grab. Ehrlich gesagt haben diejenigen, die ihr ganzes Vertrauen in die Macht der großen heiligen Anna setzten, auch nicht viel mehr erreicht. Diejenigen, die durch eine Prüfung gefallen waren oder Pech in der Liebe hatten. Die sich ein Kind wünschten, weil ihr Bauch nicht mitmachte und keine Früchte trug, oder die keine Kinder mehr wollten, weil er zu großzügig war und immer weiter schenkte. Diejenigen, die all ihre Ersparnisse in einen Trödelladen gesteckt hatten, der keine Kundschaft mehr anzog. Die es satthatten, sich für einen Hungerlohn auf dem Feld abzurackern, weil sie nichts anderes konnten und gern etwas anderes lernen würden. Töten. Autofahren. Eine Bank ausrauben. Malen. Stehlen. Sich jungen Mädchen auf Identitätssuche als Führer andienen. Irgendwas. Hauptsache etwas anderes, als sich auf diesem Feld abzurackern, das nichts mehr hergibt. Diejenigen, die seit eh und je auf einen Märchenprinzen warten, er muss nicht gut aussehen, nicht mal wirklich ein Prinz oder märchenhaft sein, nur anständig, nur ein Vater für die Kinder, nur ein Mann wie alle anderen, der nicht bloß ficken, brüllen, schlagen, weggehen, wiederkommen, ficken, brüllen, schlagen, weggehen kann. Ein Mann. Er könnte sogar verfaulte Zähne und stinkende Füße haben oder schnarchen, er könnte eine schlechte Haltung, keine gute Eigenschaft und keine Ideale haben. Es würde reichen, dass er da wäre, wenn er da sein muss. Ja, ich habe viele Männer und Frauen, viele Behinderte und Hilflose gesehen, die zur großen heiligen Anna flehten. Große Großmutter, schenk mir ein ganz normales Leben, ein kleines Allerweltsleben, ganz einfach, banal, fade, ohne Glanz und Komplikationen, zeichne mir eine kleine Glückslinie in die Hand, nur so lang wie der Durchschnitt, ganz gerade und ohne Brüche. Eine Linie für mich, weder besonders noch exemplarisch, ohne Verzweigungen und Überraschungen. Ein »Ausreichend«, nicht mehr und nicht weniger, gerade genug, um nicht sitzen zu bleiben. Ich habe Leute gesehen, die mit Händen voller Opfergaben ankamen. Aber nach der Ekstase kehrten sie mit leeren Händen und traurigem Blick in ihr voriges Leben zurück. Heute stehen die Dinge so schlecht, nicht mal mehr die Illusionen sind das, was sie früher waren. Und die Leute rufen die Götter nur noch an, weil es Brauch ist, nicht aus Überzeugung. Du kennst doch das Sprichwort: Die Gewohnheit ist wie das Laster. Und so sind die große heilige Anna, die große Brigitte, Erzulie Freda, Erzulie Dantor, Ogoun Ferraille, Ogoun Badagri, der heilige Jakobus der Ältere, der heilige Karl Borromäus, Unsere Liebe Frau auf dem Berg Karmel, Unsere Liebe Frau von da, Unsere Liebe Frau von dort, alle Götter und Schutzpatroninnen für jene, die um ein Wunder betteln, bloß noch Routine. Außer man macht's wie deine Großmutter. Zieht sich aus dem wirklichen Leben in eine Scheinwelt zurück. Deine Großmutter hat an jenem Abend zu der Heiligen gebetet, und sie hat bekommen, was sie wollte. Den Rückzug aus dem wirklichen Leben. Sie war es leid, Gründe für die Entlassung der Dienstmädchen zu erfinden. Sie war es leid, immer noch hässlichere zu suchen. Sie war es leid, die Ahnungslose zu spielen, obwohl sie das Gestöhne hören konnte. Ob hübsch oder hässlich war egal, deinem Großvater ging es um den Geruch. Als er zum ersten Mal Filzläuse ins Haus brachte, tat sie, als glaubte sie seinen Beteuerungen, er habe sie nicht betrogen. Liebling, ich habe das Rätsel gelöst: Es war das Dienstmädchen. Sie hat sich deine Unterwäsche ausgeliehen. Um die feine Dame zu spielen. Du weißt doch, wie sie sind! Zu allem bereit, um ihren Kerlen zu gefallen. Du hast recht, mein Lieber. Und das vereinte Paar hatte das Mädchen entlassen. Deine Großmutter hat ihr eine Abfindung gezahlt, gegen den Rat ihres Gatten, der ihr vorwarf, die Lasterhaftigkeit auch noch zu belohnen. Und so weiter. Dein Großvater war ein Meister. Er konnte Geschichten erfinden wie kein anderer. Aber sie wusste alles. Von den Betrügereien. Den Bettgeschichten. Die schöne Hélène war es leid, sich die Beschwerden ihrer Verwandten, die Beschwerden der Familie ihres Gatten und all der Leute anhören zu müssen, die er getäuscht, um ihr Geld gebracht und gedemütigt hatte. Sie war es leid zu spüren, dass sie älter wurde. Zu der Zeit fuhren die Damen der Gesellschaft noch nicht ins Ausland, um sich nagelneue Brüste zu kaufen. Heute sieht man in den Kreisen deiner Großeltern Frauen, deren Gesicht verrät, dass sie über fünfzig sind. Ihr Hals ist schrumpelig wie der eines Truthahns, ihre Beine sind zu viel gelaufen, aber ihr praller Busen steht in schreiendem Kontrast zum Rest. Ihre Brüste haben sich selbständig gemacht und ewige Jugend erkauft. Diese Mode kommt aus deiner Heimat. Die Reichen hier machen es sich leicht mit der Mode. Sie müssen nichts erfinden. Sie brauchen nur den Moden aus dem Ausland zu folgen. Deine Großmutter kannte noch nicht die Möglichkeiten der modernen Technologie. Sie war in ihrer Backfischzeit stecken geblieben. Sie wollte sich weder mit der Wirklichkeit auseinandersetzen noch älter werden, und nichts vom Schmutz und der Lebendigkeit des Daseins wissen. Sie war es leid, ihren Sohn schweigend und ohne Pläne und Erfahrungen aufwachsen zu sehen, diesen Sohn, den sie nicht lieben konnte, weil die Wirklichkeit hässlich ist und es leichter fällt, Männer und Kinder zu lieben, die nur in Träumen existieren. Sie war dieses Ferienhaus leid, das das einzige nicht unbedingt Notwendige war, für das ihr Gatte je Geld ausgegeben hatte. Sie war es leid, die Begierde des Obersts zu spüren, der den Helden ihrer Romane so wenig glich. Zu schwarz. Zu brutal. Und noch dazu schweigsam. Sie konnte sich den Luxus leisten, dem wirklichen Leben zu entkommen. Sich in ihre Kitschromane zu flüchten. In der Einbildung zu leben und die Augen vor der Welt zu verschließen. Das ist das Privileg von Leuten, die ihr täglich Brot nicht verdienen müssen. Die Heilige oder ihr eigener Wahn hat ihr diesen Wunsch erfüllt. Sie hatte keine Ahnung von der Wirklichkeit. Dem kleinen Herrn aus der Hauptstadt hat sie erzählt, an jenem Abend habe ein schöner Mann sie abgeholt. Mit schwarzen Haaren. Nein, kastanienbraunen. Weiß und schlank. Blond. Nein, brünett. Sie seien am Strand spazieren gegangen, Hand in Hand. Sie hätten nur einen Kuss gewechselt. Schüchtern. Er habe verstanden, dass sie nicht weiter gehen wollte. Solche Dinge bräuchten Zeit. Sie mussten warten, bis sie bereit war. Bis sie sich besser kannten. Mochte er Pferde? Ja, auch sie mochte Pferde. Reiste sie gern? Ja, sie träumte schon ihr Leben lang vom Reisen. Auch er reiste sehr gern. Eines Tages würden sie zusammen wegfahren … Der kleine Herr aus der Hauptstadt hatte schnell begriffen, dass es sich nicht um einen, sondern um mehrere Männer handelte, alle trugen seltsame Namen mit Adelsprädikaten und Gewänder aus einer anderen Zeit, und keiner von ihnen hatte sich materialisiert, um der schönen Hélène zu helfen, das Ferienhaus anzuzünden. Nur einmal kehrte sie in die Wirklichkeit zurück: Sie weinte aufrichtig um die Bücher, die sie aus der Hauptstadt mitgebracht hatte. Ihre weißen Ritter und ihre Taftroben hätte sie sicher nicht verbrannt. Nicht einmal, um ihren Mann und die stumme Begierde seines Freundes, des Obersts, loszuwerden, wäre sie bereit gewesen, auf all die Adligen zu verzichten, die ihr die Hand reichten, ihre Schönheit priesen und sie zur ewigen Verlobten machten. Auch wenn der kleine Herr aus der Hauptstadt mittlerweile das Urteilen verlernt hatte, konnte er nicht anders, als diese Gefangene ihrer Vorurteile und eines bewunderungswürdigen Wahns zugleich lächerlich und erhaben zu finden. Das hat er nicht in seinen Bericht geschrieben. Nur, dass sie nicht imstande sei zu töten. Es war nicht an ihm, über die Zukunft dieses sanften Wahns zu entscheiden. Das Einzige, was sie anrichten konnte, war, junge Mädchen zu imaginären Liebesgeschichten zu verleiten. Das würde ihnen eine Weile die Sorgen und Enttäuschungen in den Niederungen der Liebe ersparen, die später ihr täglich Brot sein würden. Bis eine echte Leidenschaft, eine zufällige Begegnung sie plötzlich ins wirkliche Leben zurückwirft. Außerdem herrscht in den Armenvierteln immer ein Mangel an Büchern. Einstweilen würde ein Laden für gebrauchte Bücher zumindest für Lesestoff sorgen.

Wir alle hatten Gründe, uns ihren Tod zu wünschen. Dein Großvater und der Oberst hatten unseren Betrug entdeckt, all diese Bilder, die ich gemalt und mein Onkel signiert hatte. Sodass die Bilder zugleich Fälschungen und Originale waren. Die Leute wollten Jacobs, und wir gaben ihnen Jacobs. Den Leuten im Dorf ist das egal. Niemand beansprucht Urheberrechte für was auch immer. Das Leben ist immer ein Kollektivwerk. Aber dein Großvater und der Oberst, besonders dein Großvater, konnten den Damen und Herren aus der Hauptstadt die Wahrheit verraten und unser kleines Geschäft ruinieren. Wir nehmen uns von dem Geld, so viel wir brauchen, den Rest verteilen wir. Die Fischerei ist ein unsicheres Geschäft. Auch wenn man das Meer liebt, tut es doch, was es will. Also helfen wir dem Dorf mit unseren kleinen Profiten, so gut wir können. Dein Großvater und der Oberst gehörten nicht in die Landschaft. Deshalb sind sie gestorben. Aber ich habe sie nicht umgebracht. Mein Onkel konnte damals noch laufen und hatte starke Arme, aber du wirst doch nicht annehmen, dass er sich durch die Dunkelheit getastet hat, um die schönen Zwillinge anzuzünden. Als Solène von ihrer Liebesnacht mit deinem Vater zurückkam, hat sie meinem Onkel vorgeschlagen, mit ihrem Werk zu beginnen.

144

Jeden Morgen, wenn sie ihn zu seinem Sessel am Fenster brachte, diskutierten sie über ein Bild, das sie malen wollten und das von der Schönheit des Lebens zeugen sollte. Was sollte darin vorkommen? Figuren und Farben. Szenen aus dem einfachen Leben und der menschlichen Arbeit. In jener Nacht meinte Solène, es sei Zeit, damit anzufangen. Ausgehend vom Dorf würden sie die Welt und das Leben darstellen und im Lauf der Nächte mehr und mehr Figuren und Situationen hinzufügen. Man musste sich seinen Platz darin verdienen. Sie amüsierten sich wie kleine Kinder, als sie die Figuren aussuchten. Dein Großvater und der Oberst verdienten es nicht, aufgenommen zu werden. Das war ihre Strafe. Alles, was wir getan haben, war, sie nicht in das Bild aufzunehmen. Am nächsten Tag stellten wir wie alle anderen fest, dass die Häuser abgebrannt waren. Ich weiß nicht, ob sie vor dem ersten Tupfer Blau gestorben sind. Man sollte auch dem Schlimmsten unter uns etwas Gutes zutrauen: Vielleicht hatten sie ja begriffen, dass ihr Dasein unvereinbar war mit der Welt, wie wir sie darstellen wollten, und beschlossen zu verschwinden. Aber das glaube ich eigentlich nicht. Schau, all das Elend ringsum ist ihr Werk, ihr Reichtum. Und Herren gehen nicht einfach so weg, aus einem Anfall von Güte. Diese Sorte Mensch wird verjagt, wenn sie nicht selbst schließlich verkommt und zugrunde geht wie am Ende eines Zyklus. Vielleicht war es nur ein Unfall, ein Zigarettenstummel oder ein Funke, der die Flammen entfacht hat. Vielleicht hat es irgendjemand aus dem Dorf auf sich genommen, sie auszuradieren, ohne mit den anderen darüber zu reden. Wer soll das wissen? Und wozu? Was ändert es, ob ich dir Lügen oder die Wahrheit über ihren Tod erzähle? Kann es ein Verbrechen sein, Glück zu schaffen? Solène und mein Onkel haben mich eingeweiht. Seit zwanzig Jahren arbeiten wir an dem Bild. Aber mein Onkel wird bald sterben. Es ist Zeit, damit aufzuhören. Fertig wird es nie, denn die Schönheit ist ständig in Bewegung, man muss ihr nachlaufen, sie jeden Tag wieder neu entdecken. Aber wenn mein Onkel stirbt, lassen Solène und ich das Bild so, wie es ist. Mit dem kleinen Ausschnitt, den wir eingefangen haben. Andere Menschen tun sicher gerade dasselbe in anderen Städten wie der deinen oder in einem Dorf wie dem unseren. Es ist nichts Besonderes, Dinge zu schaffen, die eine Ahnung vom Glück schenken oder seine Schönheit festhalten wollen. Selbst in den Ländern, aus denen du kommst, wo die materiellen Güter so reichlich vorhanden sind, dass man vergisst, dem Licht des Tages zuzulächeln und sich die Zeit zu nehmen, die Vorübergehenden zu grüßen. Hier haben wir immer noch keinen Strom. Die Zwillingshäuser wurden Tag und Nacht von zwei identischen Generatoren versorgt. Sie sind mit verbrannt. Nachts, wenn es windstill war, hörte man nur ihr Brummen. Hör nur, wie schön die Nacht ist. Hör nur. Ja, wir sind da. Wir halten bei Justin. Von da gehst du zu meinem Onkel. Wie viele Tage willst du bleiben? Gib mir Bescheid, und ich fahre dich zum Flughafen zurück. Du musst sicher bald zurück. In dem Land, aus dem du kommst, soll der Job eine Art Kaserne sein und Ferien so etwas wie Fronturlaub. Man muss ihn bis zum letzten

146

Tropfen auskosten, bevor man zur Truppe zurückkehrt. Deshalb wollen die Touristen, wenn sie hier ankommen, die ganze Welt verspeisen und in ein paar Stunden ihren Appetit befriedigen. Aber du bist ja keine Touristin. Eigentlich habe ich keine Ahnung, wer du bist und was du willst. Doch ich bin sehr gern mit dir gefahren. Aber bitte, auf dem Rückweg rede nicht ich, sondern du.

THOMAS

Entschuldige. Ich bin dunkle Nächte nicht gewöhnt. Ich komme aus der Stadt des künstlichen Lichts, die die Nacht mit Straßenlaternen, Neonröhren und Scheinwerfern austrickst. Aus einer Welt, wo man nachts alles anknipsen kann. Dort garantiert das Licht Sicherheit, und es ist gut zu wissen, dass man immer eine Lichtquelle in Reichweite hat, wenn man ruhig schlafen oder durch die Nacht laufen will. Entschuldige. Ich habe nur das Dunkel der Nacht gesehen. Ich habe nicht gesehen, dass der, den du deinen Onkel nennst, im Sterben lag. Deine Stimme hat sich verändert, als du gesagt hast: Er wird sterben. Das war nicht mehr deine Stimme als Reiseführer, Geschichtenerzähler oder Glückshelfer. Sondern die Stimme eines Menschen. Ganz einfach. Im Auto, während der Fahrt, hast du sehr wenig über deine Wunden gesprochen. Als würdest du niemals bluten. Das hat mich ein bisschen geärgert, diese Angst vor dem Privaten, die Zurückhaltung, zu der du dich zwingst, ohne sie ganz zu beherrschen. Als du mich nach der nächtlichen Begegnung mit deinem Onkel in mein Zimmer geführt hast, ist von allem, was du mir erzählt hast, nur der eine Satz, dieser wunde Punkt hinter all dem Gerede auf der Fahrt geblieben: Er wird sterben. Diese Brüchigkeit in deiner Stimme hat mich berührt, erst dadurch ist mir sein Zustand klar geworden. Als er mit den Händen mein Gesicht ertastete, waren wir gleichermaßen blind, er und ich. Aber ich habe die Sanftheit seiner alten Hände gespürt, und das hat mich an meinen Großvater erinnert, der in einem Krankenhaus gestorben ist. Meine Mutter hat durch einen Anruf von seinem Tod erfahren. In meinem Bett lauschte ich, ohne zu verstehen, und ahnte, dass etwas Schlimmes passiert war. An einem gewöhnlichen Tag hätte das Telefon nicht geklingelt, als meine Mutter und ich schon im Bett waren. An normalen Tagen stört man die Leute nicht um zwei Uhr morgens. Es stimmt nicht, dass die Menschen im Kreis ihrer Lieben sterben. Man stirbt schon lange nicht mehr zu Hause. Das Krankenhaus hat den Vorzug, dass man die Pflege des Sterbenden Fremden überlassen kann. Ich komme aus einer Stadt, in der man die Kunst des Zuhause-Sterbens schon lange verlernt hat. Und weil mir meine Mutter das Trauma der Beisetzung ersparen wollte, habe ich meinen Großvater zum letzten Mal gesehen, als er ein Körper voller Schläuche war, offiziell noch am Leben, aber ohne die kleinste Regung. Ich bin nicht auf die Idee gekommen, seine Hand zu nehmen. Dabei zeugt es von einem schönen Zusammengehörigkeitsgefühl, wenn man einem Sterbenden die Hand hält oder sein Gesicht streichelt. Wie eine vertrauliche Mitteilung vom Tod an das Leben. Meine Toten haben mir nichts gesagt. Auch mein Vater nicht, der vor allen anderen von uns gegangen ist.

Aber sag mal, meine Anwesenheit scheint dich zu belasten. Was ist denn so schlimm daran, wenn ich hierherkomme, um herauszufinden, was er gesagt, wovon er geträumt haben könnte? Selbst wenn ich, wie du sagst, hier nur die Erinnerung an sein Schweigen finde. Selbst wenn ich den kollektiven Rhythmus der Herzen hier besser kennen müsste, um die Bedeutung seiner Geheimnisse oder seiner Selbstentfremdung zu begreifen. Ich weiß. Du lachst über mich. Weil ich verstehen will und deiner Meinung nach niemals irgendwas vom Leben hier verstehen werde. Aber du hast es doch selbst gesagt. Es gibt so viele unterschiedliche Orte in einem Land oder einer Stadt. Und keine zwei Menschen bewohnen denselben Ort auf dieselbe Weise! Lächeln nie bei denselben Farben! Begreift man je die Gesetze eines Ganzen, wenn man nicht blindlings eine Entscheidung trifft? Offenbar hat mein Vater das Reisen gewählt. Ich will auch wählen. Keinen Ort. Aber wie soll ich, wie dein Onkel sagt, in all den Welten, die die Welt ausmachen, mein Dasein nutzen? Was durch mein Lachen akzeptieren? Wogegen meine Wut, meine Ablehnung richten? An der Universität – ich bin keine Kunststudentin und ich mag keine Tamarinden; Männer schon, unter bestimmten Umständen, und das ist dann keine Frage der Größe – hat uns der Prof ein Diskussionsthema vorgeschlagen: Wogegen kann man heute noch revoltieren? Das Wort »Revolte« kam vielen meiner Kommilitonen ziemlich exaltiert vor. Aber ich weiß nicht. Meine Mutter denkt sehnsüchtig an ihre radikalen Zeiten zurück. Wenn sie in den Nachrichten sieht, dass in einem fernen Land eine Revolution oder ein bedeutender Wandel stattfindet, leuchten ihre Augen wieder und sie läuft im Zimmer auf und ab. Meine Mutter ist mit vierzig sehr alt geworden und demonstriert nur noch von ihrem Sessel aus. Sie wirft mir vor, dass ich nichts habe, wofür ich mich engagiere, sie in meinem Alter hatte etwas. Dabei bestand ihr ganzes Werk als Mutter darin, mich zu schonen. Als Kind hatte ich jede erdenkliche Freiheit. Es ging nicht so weit wie bei der Familie, die du mal im Taxi mitgenommen hast. Ja, über die Geschichte musste ich lachen. Ich war nicht so ein Ekel wie Junior, und das Familienoberhaupt war meine Mutter. Es gab nur uns beide. Aber ich habe die Freiheit genutzt, um wegen jeder Kleinigkeit zu weinen und meine Meinung zu allem und jedem kundzutun. Als ich klein war, war in der Stadt, aus der ich komme, alles so eingerichtet, dass mir »Traumatisierungen« erspart blieben. Das war meine Kindheit: Personenschutz gegen Traumata. Die einzige Freiheit, die mir gefehlt hat, war die Einsamkeit einer echten Verletzung und die selbständige Entdeckung von Dingen außerhalb meiner selbst, die der Mühe wert waren. Ich bin das Einzige, wofür sich meine Mutter noch engagiert, und ich habe nichts dergleichen. Aber ich glaube, schlimmer, als mit zwanzig noch nichts gefunden zu haben, wofür man sich engagiert, ist, es mit vierzig zu verlieren. Ich respektiere die Entscheidungen meiner Mutter. Sie hat das Letzte, wofür sie sich engagiert, ein Stück weit verloren, als ich beschloss, hierherzukommen. Aber sie hat nicht protestiert. In ihren Augen bin ich immer noch ein kleines Mädchen, und sie wollte mir das Trauma ihrer Missbilligung ersparen. Doch in ihren Augen habe ich gesehen, wie schwierig es für sie war, zwischen zweierlei Kummer zu wählen. Nein zu sagen hieß, mich nicht in die Selbständigkeit zu entlassen. Mich gehen zu lassen hieß, mich den Risiken des Unbekannten auszusetzen, vor dem sie mich so lange hatte schützen wollen. Ich bin ihr dankbar, dass sie mich meine Verirrungen, meine Lebensgrundlagen oder künftigen »Traumata« selbst wählen lässt. Ich frage mich, welches Anliegen ich verloren haben werde, wenn ich so alt bin wie sie. Welches ich gewählt haben werde. Das sind Dinge, die ich dir auf der Rückfahrt erzählen werde. Ich fange bestimmt mit meiner Mutter an. Man fängt immer mit seinen Eltern an, und dann kommt man auf etwas anderes zu sprechen. Ich habe wenig Verwandte, und über das andere habe ich noch nicht entschieden. Manigat, dein Friseur in der Rue Montalais, dein Onkel, der kleine Herr aus der Hauptstadt, Justin, der ehrenamtliche Gesetzgeber, hat keiner je daran gedacht, dir zu sagen, dass ein Gespräch manchmal dazu da ist, die richtigen Worte zu finden, sie aus ihrem Versteck zu locken, damit sie uns helfen, uns selbst kennenzulernen? Ich habe nicht alles gehört, was du gesagt hast. Gott, kannst du reden! Ich war müde vom Flug und bin eingenickt. Im Halbschlaf habe ich oft nur den Klang der Worte gehört. Manchmal das Brausen der Städte. Wie ein Marathon, den man im Tempo eines Hundertmeterlaufs absolvieren will. Mal einen kalten Luftzug, eisig wie ein Verbrechen. Mal das Wogen des Meeres. Ist das, was du Meeressehnsucht nennst, vielleicht ansteckend?

Ich hatte auch nicht gesehen, dass das Zimmer, in das du mich gebracht hast, voll mit verpackten Bildern war. Ich danke dir, dass du mich vor der Tür allein gelassen hast. Ich kann mit einem Mann bis ans Ende der Nacht gehen, solange wir die Augen offenhalten, aber das Zimmer, das meinen Schlaf behüten wird, entdecke ich lieber allein. Das ist meine Vorstellung von Intimität. Ich hatte etwas Mühe, mich an das Kerzenlicht zu gewöhnen. Bei mir zündet man Kerzen nur noch an Geburtstagen und bei Festen an oder in schlecht gelüfteten Räumen, nicht wegen des Lichts, sondern wegen des Aromas, um den muffigen Geruch oder den Gestank von kaltem Tabak aus der Wohnung zu vertreiben. Vielleicht bin ich auf Bilder getreten. Genauer gesagt auf deine Bilder. Schon bevor du es erzählt hast, wusste ich, dass du sie malst. Warum hütet man so ein Geheimnis? Dein Onkel und du, ihr müsst sehr begabt sein, um eine Lüge so lange durchzuhalten. Warum? Wegen des Geldes? Die Käufer bezahlen für den Namen. Dadurch habt ihr was für euch und was fürs Dorf. Ein humanitärer Schwindel sozusagen. Ich kann mir vorstellen, dass es auch ein Spiel zwischen euch ist. Dein Onkel versteckt seine Blindheit und du dein Talent. Das mit dem Talent vermute ich nur. Ich habe mir die Bilder noch nicht

angeschaut. Und ich bin keine Expertin. Ein alter Freund
meiner Mutter, der uns oft besucht, wirft mir vor, dass ich
nie gelernt hätte, mich hinzusetzen. Um zuzuhören oder
etwas anzuschauen. Das stimmt, ich mag Dinge, die sich
bewegen. Wörter reichen mir nicht immer. Ich habe meine Musik mitgebracht. Ich hatte vor, unterwegs Jazz und
Rock zu hören, aber ich wollte nicht unhöflich sein. Wenn
ich meine Musik höre, muss ich mich bewegen, zu den
Texten tanzen. Ich brauche die Bewegung, damit die Worte ein Weilchen in meinem Kopf hängen bleiben. Ich verstehe das Bedürfnis, sich zu verstecken. Es ist gefährlich,
für andere ein offenes Buch zu sein. Ich habe gemerkt, wie
du mich angesehen hast. Zuzulassen, dass jemand mein
Gesicht oder meine Beine betrachtet, ist meine Art zu verschwinden. Ich verstecke mich hinter meinem Körper. Ich
habe ein kurzes Kleid, das ich gern bei einem Fest oder in
Bars anziehe, um zu provozieren. Und wenn der Wind dar-
unterfährt, vergesse ich manchmal, es festzuhalten. Dann
fragen mich Unbekannte, wer ich bin. Dabei wollen sie eigentlich nur wissen, was ich bin, aber sie trauen sich nicht,
es so direkt zu sagen. Ich antworte dann: eine Edelnutte.
Das funktioniert jedes Mal. Sie fragen sich, ob ich so
dumm bin, ihnen die Wahrheit zu sagen, oder ob ich mich
über sie lustig mache. Und sie gönnen sich ein kurzes Zögern, ehe sie sich entscheiden. Wegzugehen. Oder mir
Geld anzubieten. Es ist selten, dass sie nach so einer Antwort einfach weiter mit mir reden wie mit einer »richtigen« Person. Manchmal trag ich das Kleid auch nur für einen einzigen Menschen und denke, vielleicht in einem

Anflug von Eitelkeit, es wird ihm gefallen und er wird hinter der Maskerade entdecken, wie ich wirklich bin. Bei deinem Drang, alles zu interpretieren, wirst du mich fragen, was ich hinter meinem Körper verstecke. Wenn ich provoziere oder tanze. Ich weiß es nicht. Wahrscheinlich dasselbe, was du versteckst, wenn du den Reiseführer spielst, anstatt deine Bilder zu signieren. Die Lust und zugleich die Angst, sich einem Fremden zu offenbaren, der uns mit seinem Wissen um unsere innersten Regungen treffen und verletzen könnte. Ich verstehe die Leute im Dorf. Aber ich kann einfach nicht an einen Unfall oder die Vorsehung glauben. Der Zufall entzündet kein Feuer. Vielleicht habt ihr wie in einem alten Kriminalroman beschlossen, gemeinsam zu handeln, und euch diese merkwürdigen Alibis ausgedacht, um euch gegenseitig zu schützen. Ich verstehe euch. So, wie du sie beschrieben hast, passten mein Großvater und sein Freund, der Oberst, nicht in diese Landschaft, die ich noch nicht gesehen habe. Aber hattet ihr das Recht, sie verschwinden zu lassen? Ich weiß nicht. Die Welt tötet jeden Tag. Jeden Tag sehen wir Menschen sterben. In meinem Viertel gab es einen Obdachlosen, der draußen in einem Hauseingang übernachtete. Wir hörten ihn abends husten und stöhnen. Jahrelang haben wir ihm beim Sterben zugesehen. Ich habe Freundinnen, die sich in humanitäre Missionen stürzen und nach ein paar Monaten selbstzufrieden oder noch verzweifelter als zuvor zurückkehren. Wenn ich sie ausfrage, wird mir klar, dass sie wiedergekommen sind, weil sie es leid waren, die Menschen sterben zu sehen, oder weil sie eine Pause einlegen, bevor sie sich an einen Ort mit noch erschreckenderen Statistiken begeben. Ein Prof hat uns vor folgendes Dilemma gestellt: Ein Mann oder eine Frau steht auf einem Felsen und sagt zu Ihnen: Heirate mich oder ich springe. Was tun Sie? Die meisten von uns ließen den oder die »Verrückte« am Fuß des Felsens krepieren. Ich gehöre immer noch zu dieser Mehrheit. Ändert es etwas, wenn wir die Wahl haben, jemandem zuzusehen, wie er den Mann oder die Frau vom Felsen stößt, oder den Mörder selbst hinunterzustoßen? Das ist ungefähr das, was ihr getan habt. Allerdings kann ich mir dich nicht als Racheengel vorstellen. Wobei ich dich ja kaum kenne und die Menschen nicht immer so sind, wie sie zu sein scheinen. Es tut mir leid, dass ich nicht bei Justin haltmachen konnte. Ich war zu müde. Und ich weiß nicht, was ich auf seine Frage geantwortet hätte: Worüber haben wir noch gleich geredet? Mit meinen Freunden rede ich über das, worüber man in meinem Alter, in meiner Welt so redet, ich versuche, mit der Zeit zu gehen. Ohne genau zu wissen, was das heißt. Du hast von Kollektivkrankheiten gesprochen. Wahrscheinlich leide ich genau daran: auf der Höhe der Zeit zu sein und dafür Opfer zu bringen, ohne zu wissen, was das heißt, und ohne es überhaupt herausfinden zu wollen. Es stimmt, bis jetzt habe ich, um deine Worte zu gebrauchen, nur das Eckchen Himmel gekannt, das ich vor meinem Fenster sah. Die einzigen Menschen, die ich kenne, sind die, mit denen ich aufgewachsen bin. Ich suche andere Himmel. Um meine menschlichen Landschaften zu vergrößern.

Du behauptest, hier sei es Brauch, einem Sterbenden das Lachen mitzubringen. Aber seit unserer Ankunft in der letzten Nacht und heute den ganzen Tag hast du dich mit deinem Onkel in seinem Zimmer eingeschlossen. Ich habe euch heute schon sehr früh gehört. Dich, ihn und diese Frau. Du hast leise an die Tür geklopft. Als hättest du Angst. Am Steuer hast du mehr Selbstvertrauen. Du hast ihr das Frühstückstablett aus den Händen genommen, um es mir selbst zu bringen. Du warst ganz unbeholfen. Deine Hände zitterten ein bisschen, als du mir das Tablett gereicht hast. Ich war nicht so geistesgegenwärtig, dich nach deinem Onkel zu fragen. Ich habe nur Danke gesagt. Ich habe auch die Frau gesehen. Sie hat gelächelt, als du ihr das Tablett abgenommen hast. Als würde sie sich über dich lustig machen. Aber liebevoll. Ihr Lächeln ist schön. Du musst es mir nicht erst sagen, ich weiß, dass es Solène ist. Sie ist wirklich schön. Vielleicht ziehe ich voreilige Schlüsse, aber ich finde, in ihren Augen liegt etwas, das man Respektlosigkeit nennen könnte. Normalerweise respektieren die Leute auch Dinge, die an sich wenig respektabel sind, weil sie der Tradition entsprechen. Solènes Blick und ihr Verhalten passen zu dem Eindruck, den deine Beschreibung von ihr bei mir hinterlassen hat. Eigentlich hast du sie gar nicht beschrieben, nur ihre Art. Am Lächeln der Menschen kann man sehen, ob sie frei sind. Der alte Freund meiner Mutter, die Hälfte eines ziemlich speziellen Paares, macht es nicht wie meine Mutter, die die Vergangenheit immer interessanter findet als die Gegenwart, er behauptet, dass sich seit ihrer Jugend außer Wohnungsmieten und technischen Erfindungen nicht viel verändert hat. Meine Generation sei nicht nur deshalb konservativer als die vorige, weil sie getragen wird, ohne zu wissen, wovon, sondern vor allem, weil es unserem Lächeln und unserer Einstellung an Autonomie fehlt. Deine Solène scheint mir ein Mensch, der sich nicht um Konventionen kümmert. Sie muss fast noch ein Kind gewesen sein, als sie meinen Vater getroffen hat. Was hatten sie gemeinsam, außer dem Alter und ihrer Lust? Und was für eine Erinnerung haben sie an ihre Nacht bewahrt? Ich mag die Vorstellung einer Liebesnacht als feierlichen und endgültigen Abschied. Die Lust und die Symbolik … Das würde meinem Prof gefallen, der uns ab und zu erlaubt, ihm ein Diskussionsthema oder Forschungsprojekt vorzuschlagen. Ich weiß, dass meine Mutter früher eine engagierte Pazifistin war. Marschierte sie mit meinem Vater zusammen durch die Straßen und schwenkte Plakate? Mein Freund und ich schwenken nie Plakate und erzählen uns auch nicht unsere alten Geschichten. Wir sind sicher zu jung, um Geschichten zu haben, die wir uns erzählen könnten, und verachten die Vergangenheit zu sehr, um ihr Ideen zu entnehmen, für die man sich engagieren könnte. Aber Liebe könnte auch bedeuten, dass man Geschichten teilt. Alle Geschichten des geliebten Menschen würden zu denen des Liebenden werden. Das wäre ein schönes Hin und Her. Ich bin nicht eifersüchtig. Meine Freundinnen werfen mir das vor. Ich würde gern Geschichten teilen, die nicht ganz und gar meine wären, weil ich nicht die Hauptrolle darin spiele, aber die auch meine wären, weil ich daraus von der Liebe der Menschen erführe, die ich liebe. Vielleicht hat mein Vater meiner Mutter von seiner Nacht mit Solène erzählt. Seinen Teil von Solènes und seiner Geschichte. Ich kann mir die Szene schwer vorstellen. Ich schaffe es nicht, mir meinen Vater mit einem Körper vorzustellen. Ich kenne die hiesigen Vögel nicht, auch die Höhe der Bäume und die Farben der Nacht nicht. Ich habe Angst, sie in eine exotischere Kulisse als in Wirklichkeit zu versetzen. Aber Solène in jungen Jahren kann ich mir vorstellen. Ich bin froh, dass der Mann, den ich so wenig gekannt habe, vor meiner Zeit das Glück erlebt hat. Ist Glück nicht das einzige natürliche Verdienst, nach dem jeder Mensch streben darf? In den Gesprächen mit meinen Freunden verzichten wir meistens auf abstrakte Begriffe. Wir reden nicht von »Glück«. Um noch einmal auf das Paar zurückzukommen, das oft abendelang mit meiner Mutter diskutiert: Ich weiß nicht, ob es stimmt, was sie über ihre erste Begegnung erzählen. Angeblich haben sie sich auf einer belebten Straße getroffen. Der Mann ging auf die Frau zu und sagte: »Guten Tag. Ich fühle, dass ich Sie sehr lieben werde.« – »Wie bitte? Warum? Sie kennen mich ja nicht einmal.« – »O doch, ich kenne Sie. Sie sind die Liebe selbst.« Es ist nicht so, dass sie sich seither nie mehr getrennt hätten. Ich bin nicht mal sicher, ob sie je unter einem Dach gelebt haben. Aber sie haben nie aufgehört, sich nach vielen Reisen und endgültigen Abschieden wiederzufinden. Vielleicht war Solène für eine Nacht genau das für meinen Vater. Die Liebe selbst. Glaubst du, sie wird wütend, wenn ich sie bitte, mir von ihm zu erzählen? Heute früh habe ich die Antwort gefunden, die ich Justin geben werde, wenn er mir seine Frage stellt. Worüber haben wir noch gleich geredet? Ich werde ihm antworten, dass wir über einen Jungen sprachen, der vor zwanzig Jahren fortgegangen ist, mit nicht mehr Gepäck als einem Rucksack und dem Geld, das er in der Tasche hatte. Über einen Jungen, der eine Menge Schund und ein echtes Jagdgewehr ins Meer geworfen hat. Die roten Haare habe ich von meiner Mutter. Aber ich glaube, von ihm stammen die langen Beine. Und die Lust, die mich manchmal packt, irgendwo unterwegs neu geboren zu werden.

Ich bin durchs Dorf gelaufen. Ich habe in den Blicken weder Gewalt noch unpassende Neugier gespürt. Ich bin noch nicht viel gereist, aber es kommt sicher selten vor, dass man aus einer anderen Kultur, mit einer anderen Hautfarbe an einen unbekannten Ort kommt und sich willkommen fühlt, als sei die Anwesenheit in diesem neuen Land ganz natürlich, einfach, so selbstverständlich wie die Morgenröte oder ein Sonnenuntergang. Nur ich selbst habe mich mit Mühe daran erinnert, dass ich eine Fremde bin. Um nicht so zu tun, als hätte ich alles verstanden. Schon bevor ich ins Flugzeug stieg, ahnte ich, dass die Kluft zwischen meiner Stadt und deiner gar nicht zu ermessen ist. Als du mir die Straßengeräusche aufgezählt hast, habe ich mich gewundert, dass Hupen bei euch wirkungsvoller sind als Ampeln, und über tausend andere Kleinigkeiten. Und mir wurde klar, dass das täglich Brot nicht für alle gesichert ist. Ich würde es nicht schaffen, alles aufzuzählen, was euch hier fehlt. Nur im Vorbeigehen habe ich bemerkt, wie leer eure Häuser sind. Angesichts dieser Armut kann ich nur fremd sein. Aber ich habe Lust bekommen, in die Häuser hineinzugehen. Die Blicke luden mich dazu ein. Ich habe das Haus von Justin erkannt, das einsam am Rand der großen Straße steht. Ich habe an die Tür geklopft und er hat mich hereingebeten. Wir haben uns unter das Vordach gesetzt und er hat mir von seinem Corossoltee angeboten. Diese Frucht kannte ich nicht. Ich hatte einen alten Mann erwartet. In der Vorstellung verbindet man Weisheit immer mit einem alten Mann, der sich kaum noch von der Stelle rührt. Gar nicht so alt und ziemlich stämmig ist er, der Sokrates deines Küstendorfs. Er hat mir erklärt, dass er in der Schule der Departement-Hauptstadt lesen gelernt und dann beschlossen hat zurückzukehren. Die Sucht, Gesetze zu erfinden, hat ihn gepackt, sagte er, als er mit den Kindern Lehrer spielte. Von den Kindern von vor zwanzig Jahren ist die Hälfte weggegangen, die, die geblieben sind, leben als Fischer und schicken ihre Kinder zu ihm. Er bringt ihnen das wenige bei, was er weiß, und lernt sehr viel von ihnen. Er hat auch ein Boot, aber er fährt nicht oft aufs Meer. Er hat es lieber, wenn die anderen ihm von ihren Reisen berichten. Die starken Arme hat er von der Reparatur der Netze, seiner zweiten Leidenschaft. Siehst du, ich weiß zwar nicht, wie sich Armut anfühlt, aber ich höre zu. Er war noch keine dreißig, als er von meinem Großvater und seinem Freund, dem Oberst, misshandelt wurde. Warum hat er sich nicht gewehrt? Und warum habt ihr alle nicht reagiert, nicht mit Gewalt auf die Gewalt geantwortet? Oder warum habt ihr gewartet, um die Häuser zu verbrennen? Justin hat mir gesagt, dass die Dinge so geschehen mussten, dass die Bäume ihre Blätter abwerfen, dass niemand im Dorf die Häuser angezündet hat. Verdammt noch mal, das ist zwanzig Jahre her. Ich habe zwar nicht viel Ahnung von Gesetzen, aber sogar ich habe schon von Verjährung gehört. Was würde er denn riskieren, wenn er sich mir anvertraute, da ich doch bald wieder abreise und keine Bedrohung darstelle? Ich bin doch nicht gekommen, um einen Großvater zu rächen, über dessen Leben und Charakter ich gar nichts wusste. Ich bin gekommen, um die Freundschaft eines Abwesenden zu suchen und ihm Jahre nach seinem Tod die meine anzubieten. Justin hat mir Dinge erzählt, die du nicht erwähnt hattest. Dass mein Vater nur deshalb nicht mit den jungen Leuten im Dorf verkehrte, weil er nicht wusste, wie er den Kontakt herstellen sollte. In seinen Kreisen, in der Stadt, verkehrte er nur mit Mulatten. Er beherrschte die Sprache der Kinder im Dorf nicht. Er konnte nicht barfuß laufen wie sie oder Drachen steigen lassen. Schwimmen hatte er mit Privatstunden in einem hübschen Schwimmbad in der Hauptstadt gelernt, wo die Eltern bis zum Ende des Unterrichts warteten und über den Zustand der Welt plauderten. Aber heimlich bewunderte er die natürliche Anmut der Schwimmer und Schwimmerinnen aus dem Dorf. Er sah sie in Grüppchen auf einem Fischerboot hinausfahren. Sie fuhren lächelnd los, sprangen ins Wasser, wenn das Boot weit genug vom Dorf entfernt war, und schwammen zurück, immer noch lächelnd, lässig und doch schnell, mit heiterem Herzen, ohne sich anzustrengen. Er nahm es ihnen irgendwie übel, dass sie schwammen, wie ein Kind seine Muttersprache spricht, während er nur Dinge konnte, die er in einer von gesellschaftlichen Regeln und Vorurteilen beherrschten Umgebung gelernt hatte. Er traute sich auch nicht, Mädchen anzusprechen, am wenigsten Solène, die fast so alt war wie er. Es tat ihm leid, dass er in seinem Wortschatz nicht die Wörter der Leichtigkeit und Offenheit hatte, die man brauchte, um Solène zu erreichen, ihren Lauf so lange aufzuhalten, bis sie die Arme für ihn öffnete. Ihm fehlten die Wörter. Er kannte nur die durchtriebene Sprache des Handels, die sein Vater gegenüber Frauen benutzte, die antiquierten Wörter, die seine Mutter aus ihren alten Liebesromanen sammelte, und die Wörter der Jungen aus seinen Kreisen. Welche Ironie, nicht die Wörter zu haben, um dem anderen zu sagen, dass er oder sie für uns die Liebe selbst ist! Justin zieht daraus den Schluss, dass bei der ungleichen Verteilung des Reichtums in der Welt die ungerechte Verteilung der Wörter nicht das geringste Übel ist. Meine Freunde und ich besitzen Wörter, um viel unnützes Zeug zu benennen. Aber ich habe nicht die Wörter, um mich hier mit den Kindern im Dorf zu unterhalten. Eine Gruppe sprach mich an und fragte, ob ich mit ihnen spielen wolle. Ich kenne ihre Spiele nicht. Ich habe noch nie etwas anderes als Handball gespielt. Aber ich habe versucht, mich anzupassen. Ich dachte an den kleinen Herrn aus der Hauptstadt. Ich stellte ihn mir am Strand vor, vor zwanzig Jahren, mit anderen Kindern. Ich habe nicht lange gespielt. Ich bin es nicht gewohnt, über Kieselsteine zu rennen, und die Kinder haben gesagt, ich sei zu groß, um mit ihnen zu spielen, aber es wäre nett, wenn ich Schiedsrichterin sein könnte. Also war ich Schiedsrichterin. Gewissenhaft. Es war das erste Mal, dass man mir eine so verantwortungsvolle Aufgabe anvertraute. Um die gerechteste Entscheidung bei der Lösung eines Problems zu treffen, das nicht meines war. Auch wenn es dabei weder um ihre noch um meine Zukunft ging, ich habe das Vertrauen geschätzt, das sie in mich setzten. Später habe ich dann gemerkt, dass sie auch ohne meine Hilfe die richtige Entscheidung trafen. Da habe ich begriffen, dass sie mich auf die Probe stellen wollten. Und plötzlich bekam ich Angst: Man könnte meinen, dass hinter allem hier, von einem brennenden Haus bis zu einer Partie Völkerball, diese eine Frage steckt: Wie soll man sein Dasein auf der Welt nutzen? In welche Falle bin ich hier wie eine naive Touristin getappt?

Du heißt Thomas. Noch etwas, das mich erstaunt. Der Name Thomas kommt in meiner Welt und meiner Generation sehr häufig vor. Ich sollte nichts Erstaunliches darin finden, dass du den Vornamen mit einigen Kindergesichtern auf meinen alten Klassenfotos aus der Grundschule und zwei, drei Studenten in meinen Vorlesungen teilst. Aber wenn man mit bestimmten Dingen vertraut ist, setzt man sich in den Kopf, dass sie nur uns gehören, für uns allein existieren. Danke, Thomas, dass du mir diese Zeit mit Solène verschafft hast. Ich werde dir nicht sagen, worüber wir gesprochen haben. Mit meinen Freundinnen führe ich Mädchengespräche, wie die Jungen sagen, und wir haben unsere kleinen Geheimnisse, Vertraulichkeiten, die wir miteinander teilen, die eine ist mit einem anderen ausgegangen als ihrem Freund, die andere mag eigentlich keine Fellatio und lässt sich nur darauf ein, um ihren Liebsten nicht zu kränken, der wiederum glaubt, dass sie das mag. Mit Solène hatte ich das Gefühl, etwas Einzigartiges zu teilen. Wir sind durch den Wald gelaufen. Zuerst waren wir an der Stelle, wo früher die schönen Zwillinge standen. Ich habe gesehen, dass nach dem Brand dort ganz von selbst Bäume und Pflanzen gewachsen sind. Sie geben Schatten und blühen, der Ort schenkt einem ein Gefühl von Frieden. Dann sind wir in Richtung Westen an der Küste entlanggegangen, wahrscheinlich denselben Weg, den mein Vater zu jenem Anderswo genommen hat, aus dem ich komme. Schließlich haben wir in einem Wäldchen haltgemacht. Ich nehme an, dass sie dort ihre Liebesnacht verbracht haben. Der kleine Herr aus der Hauptstadt hatte recht. Was sie dort getan haben, geht nur sie etwas an. Aber eines kann ich dir sagen: Solène hat keinen Hehl aus ihrer Empörung über die Welt meines Großvaters und seines Freundes, des Obersts, gemacht. Als ich ihre Namen erwähnte, spürte ich einen Zorn in ihr brodeln, der mich beeindruckt hat. Es gibt zu viele Menschen wie diese beiden. Das glaube ich auch. Sie sind ja auch gar nicht so außergewöhnlich. Was ist außergewöhnlich daran, die Welt für sein Eigentum zu halten, alles zu verderben, nur um mehr herauszuholen, an andere bloß in Kategorien von Gewinn und Verlust zu denken! Das gibt es überall. In der Stadt, aus der ich komme, vergisst man das leicht. Man passt sich an. Es gibt immer irgendein Spielzeug und Licht. Es gibt immer etwas zu essen, also findet man sich ab. Der Unterschied zwischen deiner Hauptstadt und meiner besteht darin, dass bei mir zu Hause die Armen reich genug sind, um zu vergessen, dass sie arm sind. Aber eigentlich ist es überall gleich. Ich komme aus einer Stadt, die sich von Virtuellem ernährt und in der sich jeder nur von seinen persönlichen Sorgen verrückt machen lässt. Was meinen Großvater und seinen Freund, den Oberst, umgebracht hat, war ihr Mangel an Diskretion. In den Diskussionen mit meinem Prof über die politischen

Systeme habe ich begriffen, dass die Stabilität eines Systems nicht von seinen Vorzügen abhängt, sondern davon, ob es die Provokation vermeidet. Man sollte seinen Luxus nicht vor der Nase der anderen ausbreiten, sondern ihnen weismachen, sie wären mit von der Partie. Aber ich bin nicht gekommen, um über politische Theorien zu diskutieren. Ich bin gekommen, um das Herz eines unglücklich geborenen jungen Mannes schlagen zu hören, der keinen Ort für sich hatte. Eines Jungen, der viele Annehmlichkeiten aufgegeben hat, um hier zum Leben zu erwachen und dann in ein ungewisses Anderswo zu gehen. Mein Vater starb, als ich drei Jahre alt war. Meine Mutter hat mir nie gesagt, woran. Sie hat mir nie erzählt, wie ihr gemeinsames Leben verlaufen ist, wie sie sich kennengelernt haben, was sie vereint hat. Sie liebten sich sehr, das weiß ich. Und ich weiß auch, dass er sie angesprochen hat. Ich sollte Solène danken. Diese erste Liebe hat ihm die Kraft gegeben, eine zweite zu erleben. Ich schließe daraus, dass man sich nicht allein erfinden kann. Um in deiner Sprache und der des kleinen Herrn aus der Hauptstadt zu reden, könnte man sagen, dass der Oberst Pierre André Pierre und der Geschäftsmann Robert Montès nie jemandem begegnet sind. Sie haben nie diese flüchtige Harmonie gefunden, die sich manchmal mit einem anderen Menschen einstellt und die uns vor der Gleichgültigkeit rettet. Du hast recht. Die Ursache des Brandes ist unwichtig. Für ein Mal hat das Leben den Tod getötet, und wie du sagst, das ist auch nicht schlimmer. Aber kein Sieg ist endgültig. Als ihr aus dem Zimmer kamt, Solène und du, habe ich Tränen in deinen

Augen gesehen. Dein Onkel ist tot. Ja, ich will gern bei der Totenwache dabei sein. Ja, ich reise morgen ab, wenn du mich bitte zurückbringst. Nein, ich kann dir nicht sagen, dass ich gefunden habe, was ich hier gesucht habe, aber die Frage, wie man sein Dasein auf dieser Welt nutzen soll, enthält auch die nach dem Platz, den man den Abwesenden einräumt. Man setzt sich das Bild der Abwesenden ja immer wieder neu zusammen und unterscheidet zwischen denen, die man gehen lässt, und denen, die man zurückholt. Das wird mit meinem Vater so sein: Was ich in das Land, aus dem ich komme, mitnehme, sind Splitter einer traurigen Kindheit und eine erfüllte Liebesnacht.

DIE SCHÖNE MENSCHENLIEBE

Die junge Frau hat sich für ihr kurzes Kleid entschieden.
Nicht, um sich hinter ihrem Körper zu verstecken. Sie hat
nichts zu verstecken. Auch nicht, weil sie etwas zu zeigen
hat. Sie fühlt sich einfach wohl in diesem Kleid. Und für
das Zusammensein mit anderen ist es besser, sich wohlzu-
fühlen. Den heutigen Abend, hat sie versprochen, wird sie
mit den anderen verbringen. Ihre Freundinnen würden sagen: Du kennst diese Leute kaum. Sie sagt sich, dass sie
ihre Freundinnen auch nicht besser kennt. Was sie teilen,
ist oft nur ein Ritual und der Trend des Tages. Heute teilt
sie mit anderen Freunden ein anderes Ritual, einen anderen Trend, nun eben den der Nacht. Das denkt sie in dem
Moment, als der Gesang beginnt. Er hatte auf sie warten
wollen, aber sie hatte abgelehnt und ihn fast gezwungen,
zu den anderen zu gehen. Tagsüber hatte sie vom Haus
aus gehört, wie die Laube errichtet wurde. Aus dem Fenster hatte sie gesehen, wie sie Holzbalken herbeitrugen und
in den Sand rammten. Sie hatte beobachtet, wie sie Ba-
nanenblätter zu einem Dach zusammenfügten, Stühle, Ti-
sche und Bänke aufstellten. Sie hatte nicht angeboten, zu
helfen. Unter den Anekdoten im Auto hatte sich eine um
großherzige Touristinnen gedreht, die angeblich helfen
wollten, aber nur Chaos anrichteten. Sie will kein Chaos

anrichten. Nur sein. Mit ihnen sein, so gut es eben geht. Als Solène sie fragte: Wirst du mit uns sein?, hatte sie Ja gesagt. Einfach Ja. Sie hat den vier Männern nicht nachgeschaut, die die Leiche aus dem Haus trugen. Sie weiß nicht, wo sie sie hinbringen. Aber sie weiß, weil Solène es ihr gesagt hat, dass sie die Anweisungen des Verstorbenen befolgen. Sie ist bereit. Sie hat ihre Sachen gepackt. Am nächsten Morgen wollen sie früh losfahren. Das hat er vorgeschlagen. Für ihn ist die Fahrt eine Art Ventil. Um mit einem Verlust zu leben, ergreift man oft die Flucht, egal wohin. Manchmal macht man sich auch auf die Suche nach dem Verlorenen – ein vergeblicher Wunsch, die Lücke zu füllen. Sie ist gekommen, um einen Vater zu suchen. Sie hat ihn nicht gefunden. Sie hat nur Menschen gefunden. Lebende. Auf dem Weg zur Laube hört sie Lachen und Singen, Geräusche des Lebens. Sie kommt an Paaren vorbei, die von der Menge weg dem Wald zustreben. Hier herrscht keine Kakofonie wie in der Hauptstadt, der Lärm ist harmonisch. Hier liegen die Geräusche nicht im Krieg miteinander. Aus all den Männer-, Frauen- und Kinderstimmen hört sie seine Stimme nicht heraus. Aber es ist auch nicht seine Stimme, die sie gern gehört hätte, sondern die eines Jugendlichen, den sie nicht gekannt hat und den sie sich kaum als Vater vorstellen kann. Eines Jugendlichen, der zu keiner Bande gehört hat. Sie stellt sich die Einsamkeit dieses Jungen vor und seine erste echte Freude, hier irgendwo im Wald. Eine Stimme übertönt die anderen. Eine Frauenstimme. Es ist die von Solène. Sie hört die Kraft in ihrer Stimme. Hell, ohne Brüche. Eine

Stimme zum Entschlüssefassen. Sie ärgert sich ein bisschen, dass sie die Worte nicht verstehen kann. Wenn man
die Worte nicht versteht, täuscht man sich oft über den
Sinn eines Lieds. Das passiert ihr oft mit ihren Freundinnen, sie lassen endlos Songs laufen, deren Texte ihnen in
ihrer Muttersprache idiotisch vorkämen. Man ist ganz ver-
sessen auf ausländische Hits, aber wenn man den Sinn der
alten Kultsongs entdeckt, kommt man sich blöd vor. In
diesen Worten hingegen, deren Bedeutung ihr entgeht,
liegt etwas Machtvolles, Zeitloses, das spürt sie ganz deut-
lich. Ach nein, Zeitloses gibt es ja nicht. Die Zeit gibt es
immer. Selbst wenn sie stillsteht. Kriege sind vielleicht nur
die Gewalt, die beim Zusammenprall zweier sich wider-
sprechender Zeiten entsteht. Wie aus all dem Hin und
Her eine einzige Welt machen? Der Defätismus fällt ihr
ein, der Pazifisten manchmal überkommt, und sie denkt
an ihre Mutter. Sie entdeckt Thomas in der Gruppe unter
dem Laubendach. Sich neben ihn zu setzen scheint ihr le-
gitim. Mehr noch als der Vater, den sie gesucht und nicht
gefunden hat, ist er das Bindeglied, der Schlüssel zu ihrer
Anwesenheit. In der Menge erkennt sie die wenigen, mit
denen sie sich angefreundet hat: Justin und die Kinder, mit
denen sie Völkerball gespielt hat und für die sie Schiedsrichterin war. Sicher ist es nur ein Gefühl, aber sie glaubt,
dass die Kinder ihr mit einem Hauch Belustigung zu-
lächeln. Als sie sich links neben ihn setzt, denkt sie nicht
an das Bild, das sie abgibt. Er rückt ein Stück zur Seite, um
ihr Platz zu machen. Ihr Kleid fällt nicht aus dem Rahmen.
Es ist kürzer als der Durchschnitt, aber niemand hier trägt

Trauerkleider. Viel Weiß, aber auch Farbiges. Woher will sie eigentlich wissen, ob die Farben der Trauer überall dieselben sind? Sie zieht ihre langen Beine an und legt die Hände auf die Knie. Wenn sie ihn fragte, was für ein Bild sie abgibt, würde er sagen, er sehe sie so, wie sie ist, einfach und lebendig. Und leichtfüßig. Aber sie fragt ihn nicht, was für ein Bild sie abgibt, weil sie nicht an ihr Bild denkt. Sie sitzt neben ihm und lernt, sich an das Kerzenlicht zu gewöhnen. Es sind viele Kerzen, sie bilden Lichtpunkte, die flackern, fast erlöschen und bei einem Luftzug wieder aufflammen. Auch Lampen gibt es. Sie weiß nicht, wie sie diese kleinen Blechdinger nennen soll, wie ein Becher mit einem Henkel und einem Docht obendrauf. Bei ihr zu Hause gibt es so etwas nicht. Sie hat sie auch als Kind in ihren Bilderbüchern nie gesehen. Aber man kann alles lernen, nicht wahr? *Bobèches,* erklärt er ihr. Wie hat er es geschafft, die Frage zu hören, die sie nicht gestellt hat? Wenn man viel mit Touristen verkehrt, lernt man wohl, ihre Bedürfnisse zu erahnen. Am liebsten würde sie sagen: Ich bin keine Touristin. Aber das ist nicht nötig. Er sieht sie nicht an wie eine Touristin. Also übergeht sie es. *Bobèches*, wiederholt sie, aber der Name ist egal. Sie geben ein schönes Licht, das Raum für Schatten lässt. Ein Licht, das die Nacht respektiert. Wie der Mond. Frauen gehen herum und verteilen in Emailbechern Getränke. Melisse- und Balsamaufguss, Suppe und Zuckerrohrschnaps. Zum zweiten Mal ist er ihrer Frage zuvorgekommen. Sie kostet von allem. Außer von der Suppe. Nein, Suppe mag ich nicht. Diesmal ist sie seiner Frage zuvorgekommen. Die

Mutter meiner Mutter zwang mich immer, Suppe zu trinken, wenn wir die Ferien bei ihr im Dorf verbrachten. Jedem sein Anse-à-Fôleur. Das denken sie gleichzeitig. Um den gemeinsamen Gedanken zu vertreiben, beobachtet sie die Kinder. Wenn sie ihn fragte, würde er sagen, dass auch sie vom Mond reden, mit ihm spielen. Einige tragen Hüte, die ihnen zu groß sind. Filzhüte. Strohhüte. Dunkle. Helle. Die Nacht ist voller Hüte. Das ist eins der Geschenke des Verstorbenen an das Dorf. Manche Kinder haben ihre Hüte mit Blumen und Bändern geschmückt und rennen so durch die Nacht. Wie Regenbogenfragmente. Sie bleiben stehen und stellen sich im Kreis auf. Mondlicht dringt durch das Laubendach. Eine ihrer wenigen Erinnerungen aus dem Französischunterricht ist ein Prosa-Gedicht von Baudelaire: *Der Mond, Inbegriff der Launenhaftigkeit …* Gedichte sind schwierig. Vielleicht auch antiquiert. Sie hat eine Freundin, Journalistikstudentin, die alle Männer ihres Fachs, die mehr Lebenserfahrung haben als sie oder sich mit vierzig noch trauen, sie anzumachen, »alte Säcke« nennt. Sie ist sich nicht sicher, ob solche Kategorien plausibel sind: Ihre Mutter nennt sogar sie manchmal alt. Die Kinder haben, ohne Baudelaire zu sein, etwas vom Mond begriffen, und ihre Schritte sind leicht. Sie hört das Wort »Mond« und lächelt dem Kinderreigen zu. Das Gedicht von Baudelaire kommt ihr auf einmal beschwingter vor. Sie weiß nicht mehr, wie es nach *Inbegriff der Launenhaftigkeit* weitergeht, aber sie stellt sich vor, dass die nächsten Zeilen sehr schön sind. Der Reigen dreht sich. *Drei Mal geht es rum im Kreis, heraus kommt, wer die Antwort weiß /*

Und wer nun im Kreise wohnt, ruft er Sonne oder Mond? Beim Singen wiegen die Kinder die Köpfe unter ihren zu großen Hüten, die ihnen fast über die Augen rutschen. Ein kleines Mädchen wird im Reigen gefangen. Und der Reigen dreht sich. *Drei Mal geht es rum im Kreis ...* Dann die Frage. *Rufst du Sonne oder Mond? –* Mond. Richtige Antwort. Und der Mond befreit das im Kreis gefangene kleine Mädchen. Jemand anderes ist an der Reihe, und der Reigen geht weiter. *Drei Mal geht es rum im Kreis ...* Sie sitzen zusammen auf ihrer Bank, trinken abwechselnd Melissentee und Zuckerrohrschnaps und schauen den Kindern zu. Es ist eigentlich das erste Mal, dass sie etwas gemeinsam tun. Gemeinsam beschlossen haben. Ohne Worte. Diese neue Stufe oder der neue Status überrascht sie. Sie lassen die Überraschtheit schweigend vorbeigehen. Brechen die Übereinkunft. Es macht sie verlegen, dass sie sich einander nah fühlen. Im konkreten wie im übertragenen Sinn. Das gemeinsame Handeln und die Bewegung ihrer Knie, die sich von selbst näherkommen, sich berühren, sich trennen, sich wieder berühren, leicht aneinandergelehnt verharren, diese plötzliche Nähe kam unerwartet. War nicht einmal notwendig. Um dieser stillschweigenden Vertrautheit zu entfliehen, schaut sie nach links, zu den Tischen der Spieler. Ein Dominospieler steht, während die anderen sitzen. Er trägt einen großen Hut. Den einzigen, der wirklich scheußlich ist. Er gewinnt, gibt den Hut an den neuen Verlierer weiter und lässt sich auf dessen Stuhl nieder. So ist die Regel. Wer ein Spiel verliert, wird dazu verurteilt, eine Weile den Hanswurst zu spielen und für

Gelächter zu sorgen. Das ist eine Art Sozialleistung: abwechselnd die anderen zum Lachen zu bringen. Ein Stückchen weiter lassen Erwachsene und Kinder unter Justins Spielführung die Toten auferstehen. Einer aus der Gruppe, ein Erwachsener oder ein Kind, steht auf und ahmt eine Person nach. Die anderen müssen erraten, welche. Das ist das Gedächtnis des Dorfs. Ein Junge steht auf und humpelt. Er trägt einen alten Helm und hat eine Trillerpfeife im Mund. Alle erkennen den ehemaligen Sektionschef, und eine alte Frau, die Getränke serviert, stellt ihr Tablett ab, rennt dem Jungen nach und schimpft, so stark hat mein Mann nicht gehinkt, er war ein guter Kerl. Ja, das stimmt, er war ein guter Kerl. Sie gibt die Verfolgung des Jungen auf und holt ihr Tablett, zetert aber weiter, ihr Liebster sei der schönste Mann im Dorf und ein guter Kerl gewesen. Das Rollenspiel geht weiter. Ein Mann steht auf, er ist kräftig wie alle, die ihr Leben lang dem Wind und der Gewalt des Meeres getrotzt haben. Ein Muskelberg. Auf einmal wiegt er sich in den Hüften. Verwandelt sich. Er ist schön, elegant, stolz, geht aufrecht, erwidert lächelnd die Blicke, die ihm folgen, geht weiter auf den Wald zu, bittet niemanden um irgendwas, sät Schönheit überall auf seinem Weg, kehrt schließlich um und fragt herausfordernd: Wer bin ich?, bevor er wieder ein auf dem Boden sitzender Muskelberg wird. Aber alle haben sie erkannt. Es ist die Mutter von Solène. Hier erhält man die Toten lebendig, indem man sie im eigenen Körper trägt. Um ihrem Blick nicht zu folgen und weil er den Geehrten geliebt hat, sieht er nach rechts, aufs Meer hinaus. Sie ahnt seine Traurigkeit und sieht in dieselbe Richtung. Was ist schließlich dabei, ohne dass es geplant oder gar notwendig wäre, in dieselbe Richtung zu sehen und so zu tun, als spürte man nicht, dass ihre Knie sich berühren. Ziel ihres Blicks ist ein einsames, von Kerzen und *bobèches* erleuchtetes Boot. Ihr wird klar, dass es die letzte Bleibe des Verstorbenen vor seiner großen Reise aufs Meer ist. Nicht das Ablegen wird gefeiert, sondern die Überfahrt. Was für eine Gabe muss ein Mann haben, dass man am Abend seines Begräbnisses nur ans Leben denken kann? Absichtlich oder aus Versehen drückt sich sein Knie etwas fester an ihres. Sie weicht der Berührung nicht aus. Von Knie zu Knie spürt sie das leichte Beben seines Körpers. Er weint und versucht, die Tränen zu verbergen. Sie würde sich ihm gern zuwenden, aber sie beherrscht die Kunst des Tröstens nicht. Niemand hat sie ihr beigebracht. Sie wird improvisieren müssen. Eine Geste wählen. Wörter finden. Sie weiß keine. Die Kinder retten sie. Zwei von ihnen nehmen sie an der Hand, ziehen sie hoch und führen sie lachend zu dem Reigen. Sie wagt nicht, sich umzuschauen. Sie würde gern sagen: Entschuldige. Die Kinder lassen ihr dazu keine Zeit. Sie ziehen sie mit. Der Kreis öffnet sich, und nun steht sie in der Mitte. Sie ist gefangen und dreht sich um sich selbst. *Drei Mal geht es rum im Kreis ...* Der Wind spielt mit ihrem Kleid. Während sie sich dreht, sieht sie, dass er sie anschaut. Wenn Blicke Tränen trocknen, soll er sie ruhig anschauen. Anfangs ist sein Blick flüchtig. Sie dreht sich. Und der Wind spielt mit ihrem Kleid. *Drei Mal geht es rum im Kreis ...* Es stimmt, manchmal trocknen Blicke die Tränen.

Er versucht nicht zu verbergen, dass er sie anschaut. Also dreht sie sich, gibt mit Absicht die falsche Antwort, einmal, zweimal wählt sie die Sonne, um sich weiterzudrehen. Sie ist ein wenig berauscht, als sie sich schließlich vom Mond befreien lässt und zu ihm zurückgeht. Er lächelt. Sie nimmt ihren Platz wieder ein und ihr Knie auch, ganz selbstverständlich. Die Laube fordert ihre Rechte. Der Gesang wird lauter. Die Kinder achten nun, ohne ihr Spiel zu unterbrechen, mehr auf das Ritual der Erwachsenen. Solène ruft sie zusammen. Alle oder fast alle singen. Sie beobachtet ihn. Er bewegt die Lippen, aber aus seinem Mund kommt kein Ton. Sie würde ihn gern bitten, ihr den Text zu übersetzen, aber sie zögert in der Hoffnung, dass auch diesmal die Antwort der Frage zuvorkommt. Aber er sagt nichts. In diesem Augenblick denkt er nicht an sie. Er ist bei den anderen. Als die Stimmen schwächer werden, steht Solène auf und stimmt den Gesang wieder an. Solo. Dann wiederholt sie, und die anderen Stimmen folgen. Sie beschließt, nicht mehr zu warten, sie möchte verstehen und will ihn gerade bitten, doch im selben Moment dreht er sich zu ihr und setzt an zu der Frage, ob er ihr den Text übersetzen soll. Gleichzeitig sagen sie: Willst du …? Kannst du …? Die Kinder sind da und schauen ihnen zu, und diesmal ist sie sicher, dass etwas wie verschmitztes Einverständnis in ihren Augen liegt. Er schaut die Kinder nicht an oder tut so, als sähe er nicht, dass sie die beiden, während sie spielen oder mit den Erwachsenen singen, unter ihren großen Hüten mit den Regenbogenbändern beobachten und begleiten, ihnen vielleicht sogar voraus sind.

Kinder verstehen oft alles, selbst Dinge, die nicht existieren, oder noch nicht. Er erklärt ihr, dass die Gesänge zugleich heiter und traurig sind, hin und her wechseln zwischen Traum und Schmerz, Klage und Verheißung. Wie die Dinge in der Natur, deren Laune, Färbung und Tonfall sich ändern. Schau dir das Meer an. Heute Abend ist es ruhig, weil es einen Freund erwartet. Und wenn du ins Wasser gehst, wird es dich einlassen. Morgen wird es eifersüchtig seine Fische hüten, und wehe dem, der es herauszufordern wagt. Genauso ist es mit den Liedern. Sie sind traurig, weil der Verlust eines Freundes einen niemals gleichgültig lässt. Heiter, weil der, zu dessen Ehren man singt, keine Traurigkeit mochte. Und sie hört den Stimmen zu, ihrem seltsamen Klagelied, das aus dem Boden aufzusteigen scheint wie aus einer Wunde der Erde. Schaut die gekrümmten Leiber an, die sich langsam wiegen wie in Erinnerung an einstige Überfahrten, wie zusammengekettet, wie ein einziger kaputter Körper, der auf dem Strand kauert oder kniet. Sie singen: *Batala, m son zèb atè a, yo pa konnen sa ki nan kè mwen; Batala, ich bin ein Grashalm auf dem Boden, sie wissen nicht, was mein Herz bedrückt.* Hier und anderswo gibt es Menschen wie den Geschäftsmann Robert Montès und Oberst Pierre André Pierre, die alles nehmen und den anderen nur die Reste übrig lassen, wenn denn Reste bleiben. Was können die anderen, die Erschöpften und Vergessenen, anderes tun als singen, *Batala, ich bin ein Grashalm auf dem Boden, sie wissen nicht, was mein Herz bedrückt?* Sie antwortet nichts, aber sie versteht. Als die gebeugten Körper sich plötzlich aufrichten, wachsen, als, *Chwal mwen mare nan poto m pa priye pèsonn o, lage li pou mwen*, die Stimmen fester, zornig werden, kämpfen und siegen, übersetzt er: *Ich habe mein Pferd an den Pfosten gebunden, ich bitte keinen, es an meiner Stelle zu befreien.* Sie versteht. Und als die Stimmen explodieren, kräftig, frei und unbezähmbar stampfen: *Lè m a lage chwal mwen gen moun k a kriye*, versteht sie schon, bevor er übersetzt, während sie im Schein der Kerzen und *bobèches* einer Gruppe Männer zuschaut, die zu dem Boot waten, es ins Wasser ziehen, darin Platz nehmen und hinausrudern: *Wenn ich mein Pferd befreie, wird es manche geben, die weinen.* Die Tränen aus dem Lied sind nicht die der Männer, die den Maler Frantz Jacob zu seiner letzten Heimstatt im Meer begleiten, das er nie angeschaut hat, bevor ihm durch seine Erblindung das Licht wiedergegeben wurde. Die Tränen, die den Maler Frantz Jacob begleiten, sind Tränen der Zärtlichkeit, Tränen einer starken Freundschaft, die der Tod nicht auslöscht. Die Tränen aus dem Lied sind auch nicht die der Kinder, die mit ihren bunt bebänderten Hüten winken. Es gibt Tränen und Tränen. Die Tränen aus dem Lied sind nicht die des Mannes neben ihr, der ihre Hand nimmt und sagt: Komm, ich zeig dir was. Es sind die des Geschäftsmanns Robert Montès und des Oberts Pierre André Pierre. Die aller Robert Montès' und aller Pierre André Pierres auf der Welt. Denn irgendwann schlagen die Menschen zurück. Jetzt tanzt Solène. In der Mitte des Kreises dreht sie sich um sich selbst. Tritt aus dem Kreis, taumelt, fängt sich wieder, geht auf einen Mann zu, nimmt ihn bei der Hand, tanzt mit ihm, überlässt ihn sich selbst, geht zu einer Frau, tanzt mit ihr, überlässt sie sich selbst, geht auf das Paar zu, tanzt um es herum und gibt ihm ein Zeichen, sich zu entfernen, tanzt rückwärts wieder zu ihrem Platz in der Mitte des Kreises, wo sie sich in einer langsamen Pirouette bis auf den Boden schraubt und dann wieder aufrichtet, größer als zuvor. Und in diesem tanzenden und singenden Körper liegt die ganze Energie der Revolte, alle Härte und Eleganz eines Körpers, einer Stimme, eines Lebens, das sein Recht auf die uralten Gesänge einfordert. Eine Stimme, ein Körper zu Ehren des Lebens: *Unglück über den, der seine Pflicht zu Wunderwerken vergisst und aus Machtgier oder Habsucht die ausgestreckte Hand und den Ritus des Teilens verraten hat. Doch Ehre denen, die kommen und gehen und mit den anderen die Süße des Innehaltens kosten.* Ihre Hände berühren sich. Er hält ihre Hand fest. Anderswo ist die Mutter des jungen Mädchens wahrscheinlich besorgt, jene Mutter, die das Letzte, wofür sie sich engagiert, sehr vermisst und die sich im Wohnzimmer vor dem Fernseher eine Weile aufregt, wenn sie die Nachrichten sieht. Auch ihre Freundinnen, mit denen sie wohl nicht über diesen Abend reden wird. Zumindest nicht sofort. Und nicht irgendwie. Zu solch fernen Dingen muss man sie erst hinführen. Sie gehen auf das Haus zu. Er hat ihre Hand losgelassen. Sie ist froh, denn sie mag es nicht, an der Hand genommen zu werden. »Ich bin kein Berührungsmensch« ist einer ihrer Lieblingssätze. Morgen wird sie ihn vielleicht fragen, warum er nicht in das Boot gestiegen ist, warum er seinen Onkel nicht aufs Meer hinaus begleitet hat. Während der Fahrt. Sie denkt weniger an die Rückkehr in ihr wirkliches Leben als an die Zeit, die sie gemeinsam auf der Straße verbringen werden. Als wäre die Straße ein Ziel. Solène dirigiert das Ritual weiter. *Ehre den Frauen und den Männern ... Mwen konnen yon kote nan granbwa, yon kote si w ale w a rete ... Ich weiß einen Ort, wenn du dort hingehst, wirst du bleiben ...* Sie bleiben stehen, aber er übersetzt nicht mehr. Nicht nötig, ihr zu erklären, was die Stimmen singen. Sie stehen nebeneinander. Sie hört zu. Und plötzlich wird es still. Solène bittet sie, etwas zu singen. Ohne sich zu entschuldigen, denn man muss sich nicht entschuldigen, nicht so zu sein wie die anderen, singt sie ihr eigenes Lied, einen alten Song von Dinah Washington. Unwichtig, wenn sie die Sprache nicht verstehen, sie hat ihre Stimme beigetragen. Man muss seine Stimme beitragen, das ist eins der Gesetze, die Justin vorgeschlagen hat, der, das Gesicht halb im Licht, halb im Schatten, ihr von Weitem zunickt. Mit welchem Gesang soll man seine Stimme beitragen? Das fragt sie sich, als sie auf das Haus zugehen und zwei Kinder, die schalkhafter sind als die übrigen und ihnen lachend nachlaufen, sie einholen und ihnen ihre Hüte schenken. Sie haben das Haus betreten. Er hat die Lichter angezündet. Sie wartet. Er führt sie ins Zimmer des Toten. Das Fenster ist offen und geht aufs Meer, aber sie sieht nur die Nacht. Der Sessel steht an seinem gewohnten Platz am Fenster zum Meer. Er bittet sie, sich in den Sessel zu setzen. Er hat den Nachttisch leer geräumt und ihn zwischen Sessel und Fenster gerückt. Dann stellt er mit leicht zitternden Händen zwei

Lampen darauf. Er hat einen unter dem Bett versteckten Gegenstand hervorgezogen. Sie sieht nicht, was er tut und was er in den Händen hält. Sie betrachtet den Schein der Lampen, ein Licht am Fenster zur Nacht. Er streift sie, geht vor ihr vorbei und stellt den Gegenstand auf das Tischchen, lehnt ihn gegen das Fensterbrett. Dann stellt er sich hinter sie, um anzuschauen, was sie anschaut. Er fängt an zu reden. *Morgens erzählte Solène meinem Onkel die Neuigkeiten aus dem Dorf. Er setzte sich hier an sein Fenster und speiste seine Visionen mit ihnen. Dann ließ er mich rufen. Ich nahm ein Heft und Stifte und zeichnete nach seinen Anweisungen ...* Er redet, aber sie hört nicht zu. Auf dem Bild sind viele Leute zu sehen, auch viel Grün und Wasser. Eine Fülle von Farben und Figuren. In einem Wäldchen liebt sich ein junges Paar. Fast noch Kinder. Ihre Nacktheit ist schön. Der junge Mann taucht anderswo wieder auf. Allein. Zu seinen Füßen liegt eine Menge möglicher Welten ... Er redet weiter. Da er einmal angefangen hat, muss er zu Ende erzählen ... *Ich zeichnete nach seinen Anweisungen, aber mittendrin, wenn ich gerade einen Drachen zeichnete oder die Mündung eines Wasserlaufs, regte er sich auf und schrie mich an, es sei schlecht, falsch, das Bild des Obersts und des Geschäftsmanns ...* Sie hört immer noch nicht zu. Ihr Blick folgt dem Lauf eines kleinen Flusses, schweift über riesige Blumen, die überall sprießen, aus den Ohren eines Passanten, aus der Handfläche eines Kindes, aus Hausdächern, gleitet einen sanften Hang hinauf, mischt sich unter tausend Hände, die von den Bäumen fallende Früchte fangen ... Sie hört immer noch nicht, was er

190

sagt, spürt das Gewicht der Hand nicht, die er ihr auf die Schulter gelegt hat. Er wagt nicht, stärker zu drücken, sie zu drängen, sich umzudrehen, damit sie ihm zuhört. Er redet nicht mehr, er schreit ... *bringe etwas Hässliches in seine Vision. Er sagte, er wolle die schöne Menschenliebe malen und das Bild würde ein realistisches Werk. Bloß weigere sich die Realität, sich anzupassen ... Da haben Solène und ich uns gedacht ...* Jetzt hört sie ihn, ohne zu hören, behält keines von seinen Worten, wehrt sich gegen ihren Sinn. Sie betrachtet eine junge Frau – die Farbe ist frischer als auf dem Rest des Bildes –, die aufrecht am Eingang eines Dorfes steht. Sie erkennt diese junge Frau. Bald zwanzig Jahre lang lebt sie schon mit ihr, verliert sie, entdeckt sie wieder. Sie kennt ihre Mutter, jetzt auch ihren Vater ein ganz klein wenig. Sie hat noch nicht alle Details des Bilds gesehen. Es bleibt noch so vieles anzuschauen. Männer und Frauen jeden Alters. Fenster. Schattige Winkel. Monde und Sonnen und *Drei Mal geht es rum im Kreis* ... Sich kreuzende Wege. Sie lächelt. Ohne sich umzudrehen, legt sie ihre Hand auf die, die auf ihrer Schulter liegt. Das ist ihre Art, sich zu bedanken. Das also haben die beiden getan, als sie sich in das Zimmer einschlossen: ihr einen kleinen Platz geschaffen. Sie steht auf und dreht sich endlich um. Sie ist größer als er. Morgen wird sie abreisen. Aber deswegen kann man trotzdem zusammen träumen. Was wird sie ihrer Mutter, ihren Freundinnen erzählen? Dass es auf der Welt viele Welten gibt und eine Welt, die aus all diesen Welten gemacht werden muss? Aber das wäre anmaßend. Sie brauchen sie nicht, um das zu begreifen.

Dass sie am Ende ihrer Reise der großartigen, kriminellen, naiven, ansteckenden und so einfachen Besessenheit von der Pflicht zu Wunderwerken begegnet ist? Dass sie eines Tages dorthin zurückkehren wird? Dass sie ihren Führer gernhat, aber Herrgott, was der redet und redet! Sie stehen sich immer noch gegenüber. Draußen geht das Fest weiter. Sie sehen sich an, und jeder Ort ist gut, um seinen Part in der Musik der Welt zu spielen. Soll ich das Fenster zumachen? Nein, lass das Fenster offen. Und auf der Fahrt morgen rede *ich* …